"无迹方知流光逝，有梦不觉人生寒。"
人生不止一条路、一个概念，希望你也能通过
这本书找到改变的方法。

◎人生是一场又一场不停的战斗。生命的困境甚至绝境其实离我们只有一步之遥。

◎风平浪静时，我们会觉得它离自己很远，但其实很近，它可以在任何时间以任何面貌残忍地出现。

艾力 **作品**

人生的
84000种
可能

湖南文艺出版社

博集天卷
cs-booky

目录
Contents

Preface
序言

One

独自成长
你敢拼，才有机会赢

Two

**职场跨界
迈出角色转换的第一步**

Three

说话力
套路永远无法战胜真诚

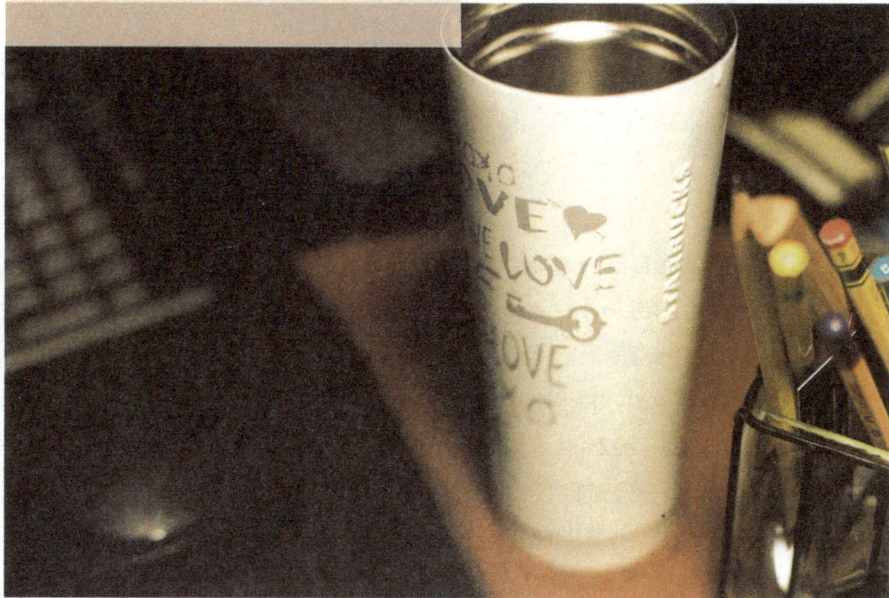

Four

时间管理
成为达人的必经之路

Five

生活中
我们都曾经历过的迷茫

◎一个人最难做的是否定自己，尤其是自己过去成功的经验。如果不否定，总重复过去的套路，就没有了学习进步的空间。

不做这世界的"聪明人"

◎俞敏洪

艾力出上本书《你一年的8760小时》后，我跟他在清华对谈"新精英 新励志"，现场气氛热烈，我很喜欢。

这一本书《人生的84000种可能》面世之际，我也想和他一起跟大家谈谈人生有多少种美好的可能。

几年时间下来，他已经不是当年那个略显莽撞的年轻人，稳重又踏实，也不缺乏改变世界的激情。

他坚持过午不食，无论晚上工作到几点，一律6点起床。2016年春天，雅安徒步10公里，两个半小时，他跟着我从头到尾坚持下来，这是多年来早起和锻炼的结果。他也做到了收敛脾气，不抱怨，温和对待每一个不如意。

艾力的傻很多人都知道。

连续参加了多档综艺节目以及主持了国内外的大型发布会后，他有了更大的知名度，但并没有影响他在新东方的教学工作，艾力依然去各地做演讲，认真地教授英语课程。

面对各种各样的商业邀约，他极少去，却经常免费参加公益活动。在月入几千时就捐出相当部分做慈善，这习惯保留至今。

极少有人注意到他常年穿着的就是那几件便宜的衬衣，一个背包用了七八年，彻底坏掉才换了一个。笔记本电脑还是父亲的遗物，也用了七八年。

"聪明的活法"，轻松挣钱的路子，到了一定份上，很多人都知道。艾力当然也知道怎样容易挣钱，做什么能快速成名，但他不会去做。如果这世界全是哪条路好走就去走的聪明人，这个世界早就除了浅薄什么都没有了。他笃定地坚守着内心的法则。

艾力追求的是阳光下干净清白的成功。他不抱怨，也不和他人在同一纬度竞争。赢，但不打败任何人。

他只管去做，去坚持。

这不是傻，恰恰是更大的勇气。

一个人在如此年轻的时候，就能放下那么多欲望，如此自律，他想要的未来有多浩大？

《孟子》讲的"大丈夫"人格的核心是自强不息。这种优秀的人格内化为多年自强不息的坚持。艾力有一副傲骨，而不是傲气。服务于社会并取得人生成就的人，都有一些相似的特征：勤奋、善良、自强不息，具有开放精神。

艾力做到了在复杂的世界保持温暖的心。我从不曾听他对遭受的不幸、委屈有过一句抱怨。

只报恩，不报仇。

奋斗其实就是循着正道，补充好能量，向着目标前进。

不为过去所羁绊，就一直往前走，不回头。

世界需要实干家，天赋与踏实是这个时代的稀缺资源。艾力身上都有。我不愿意说他是心灵鸡汤的制造者。当青年人在现实中受挫并感觉无望改变社会的游戏规则时，有人告诉他们真实的世界是怎样的，以及如何依靠自己的力量正当地奋斗去取得成功，是一件好事。

有的人来到世间，不只为了自己看到最美的光亮。

在沙滩上
建筑城堡的人

◎马东

智慧与美貌并存。

想要改变世界的疯子。

这是2014年年末《奇葩说》第一季海选时，节目组给艾力的标签。

他走进房间，说起几国语言，自信、热情，从过往的履历和之前上的节目看，特别正，和奇葩不沾边。

聊起他的34枚金币时间管理法，我惊讶于这个年轻人把每天的时间精确管控到半小时。他还对着我说起了身材和减肥这样敏感的话题，我感受到了这世界的深深恶意。

"我觉得自己是一个奇葩，我有个也许在别人看来非常不切实际的梦想，希望自己能改变这个世界，使之变成一个更包容的世界，让所有人的人格、个性得到充分的发展，不被标签化。"康永问他想要一个怎样的世界时，艾力的思考超越了年龄。

太好了，我喜欢这样的——我在心里说。

偶尔单独吃饭，更强烈地感觉到这家伙很想努力、很拼，透着真诚。私下聚会本是沟通感情的场合，他问的问题大都围绕阅读，让我推荐书，说回去好好补课。

思想在远方，行动在脚下，关怀在内心。

一个团体，无论价值观有多么多元化，思想上有多少创新，有些东西始终是重要且具有普世价值的——真诚、守信、温和、包容、坚韧。奇葩天团的聚会，艾力负责了很多联络、组织工作，在大家兴尽而归时照顾好每个人。总想为他人做些什么，极少提出自己的要求，对自己无限严格。

如书中所说，艾力是一个现实的理想主义者，是一个在沙滩上建筑城堡的人。不管能否成行，能持续多久，只管去做。

他也是那个每天不断推着石头上山的人，我甚至不愿意用"傻傻地坚持"形容他的执着。没有人可以嘲笑别人的梦想，他只是坚持做对的事，做符合自己价值观的事，不计得失，不问收获。

把努力和艰难留给自己，把温暖和笑容带给大家。

《奇葩说》和米未传媒做的是大众眼中的娱乐节目，我们不上缴苦难，我们是快乐的制造者。"欢乐不过是摘去面具的忧伤"，生活已经如此艰难，想让大家多笑一笑。

我们也喜欢和艾力开玩笑，你想，一个人得有多好的脾气，才能经得起大家的玩笑梗，他是真的不生气。

温和的外表下，他也有小小的坚持和骄傲，内心偶尔不开放。每个人都想从他身上探知那个自己并不了解的世界。出于修养和礼貌，他应对得宜，但能感觉到他内心有些角落未曾对任何人开放。

每个人都有一个自己的世界，他的世界也许在《奇葩说》第四季会更多地向我们打开。

有趣是高级的智慧。有些幽默，可能会伤害到一些人，艾力的幽默是无边界的，不会伤害任何人。

有时，一句顶一万句；有时，一万句为了说清一句。知识分子的责任，就是把别人说不清楚的东西说清楚，以大众能接受的方式。

米未有个口号——相信说话的力量。在艾力身上，我要加一句——相信真诚的力量。

极不喜欢作序。

艾力第一次找我时，我是拒绝的；这一次，被他的努力感动，两年的相处看到了他的成长和坚持，也希望把这本《人生的84000种可能》分享给更多想努力改变命运的人。

我们都曾梦想改变世界，不断有人屈服、妥协，直至面目全非。哈维尔所说的"生活在真实中"无疑需要更多的坚守。

每一次成功都是劫后余生，艾力拥有自己的诗与远方。

拥抱卓越，
接受不完美

◎艾力

2016 年 7 月 3 日，法国尼斯，一年中难得的休假，去蔚蓝海岸看海。天那么蓝，海水那么清透，一个下午我都坐在那儿看人来人往，内心一片清明。

10 天后，我住的酒店旁发生了恐怖袭击，天堂成了地狱，酒店也成了临时救助所。

那时我已平安回到国内，噩耗袭来，顿觉生命脆弱，没有任何人有理由浪费活着的每一秒。

上本书出版后的一年多，没想到能够获得如此多读者的肯定和奖项。我也有机会抽时间去看看更壮阔的世界，发现各种形式的生活，结识各个领域活出真我的朋友：有身价过亿的青年 CEO、行吟诗人、做农业产品发家的 90 后，也有游戏领域的顶尖高手。

什么样的人都结识过，什么样的活法也都见识过。

大冰兄有次提到多元人生理论，说幸福有 84 000 种可能。

的确，美好的生命像大树，如果只有一根枝条，那黑色枝条上的花朵是孤单且脆弱的。人生有无限幸福的可能，每一种活法都可能精彩。关键是做出决定后不要彷徨，活到极致。

朱天文说："书写的时候，一切不可逆者皆可逆。"

文学是自我拯救，写作是为了在世界中留下印记，能证明自己在世界上存在过。我记录时间也是这样：证明自己的同时，亦可助人。

写作其实很寂寞。蔡康永先生曾做过一个比喻："我们很少写一封信寄给张爱玲说，'你带给我很多，你的书给我很多共鸣'，我自己以前写书的时候能够收到信件的比例很低。作者们要耐住寂寞，因为读者是靠书而成长的。"

写出一本真正能够帮助、鼓励当代青年，有营养，能引发他们思考的书，是我努力的方向。

写作之苦跟奋斗之苦是一样的，时而欢欣，时而自我怀疑，欲哭无泪，心如火燎。修改无数次才找到正确的叙述角度，正如试错无数次才找到人生的轨迹。

靠自己去奋斗、去成功的路上，没有起点，似乎也看不到终点。一年 8760 小时里的每一个小时，都在面对未知。

合伙人说：你心里有一个叫"完美"的壳，90% 的爱和温暖都给了别人，10% 的空间留给自己，不可触摸。

在这本《人生的 84000 种可能》中，我第一次坦承了自己曾有过的不自信和脆弱。遇到大事，我也会紧张，会去卫生间待一会儿，会觉得自己想吐。以前的演讲里经常用的这个呕吐的段子，是真的。

被拖着、被欺诈的时候，我也会急躁，跟最亲近的人发脾气。

也有歉疚，我把雄心、耐心和温柔给了我的事业、学生和陌生人，却不能对亲人、搭档有细致的照顾。

亲爱的读者，你们所经历的那些痛苦、迷茫、挫败和压抑，我都曾经历过，但我始终相信，人可以依靠自己的力量获得想要的人生，希望你们也一样。

很多人终其一生都被束缚在小圈子里，没有勇气跳出来，自我安慰说：外面风浪太大，冲出去也不可能成功，鲤鱼跃不过龙门。

感谢俞敏洪、马东、蔡康永、高晓松等导师对我的提携与关怀；感谢妈妈和妹妹对我的温暖支持；感谢所有朋友对我的帮助。

更要感谢我的合伙人张晓媛，我们给予彼此最强力的支持，从不怀疑。我们追求的都是最为干净清白的那种成功，得到的一分一毫都是靠自己挣来的。一起合作两年，当没有一个人看好我的写作之路时，她就一直坚定地支持、帮助我，用职业上升期最宝贵的时间成就我的梦想；在这本书面世之际，我亦用自己在图书领域的成绩成全了她的梦想，帮助她离开体制，实现内容创业及环游世界的梦想，实现更多人生的可能性。

这一切，并不是两年前我动笔时能设想的。生命充满了奇迹。

　　人生不止一条路、一个概念，希望你也能通过这本书找到改变的方法。

　　"无迹方知流光逝，有梦不觉人生寒。"

　　没有人是完美的，你可以通过不断地努力去接近完美，时刻准备好迎接命运的挑战，你终将抵达光明之地。

　　拥抱卓越，接受不完美。

One

独自成长

你敢拼，才有机会赢

谁都有被生活花式吊打的时刻

人生道路漫长，紧要处往往只有几步。再大的困境，都有解决之道。
打破人生困境的最好方法是让自己足够强大，你终将抵达光明之地。

人生是一场又一场不停的战斗。生命的困境甚至绝境其实离我们只有一步之遥。

风平浪静时，我们会觉得它离自己很远，但其实很近，它可以在任何时间以任何面貌残忍地出现。生命的本质是脆弱的。

如何走出人生困境？网上有个答案——多走几步。猛一看，这回答轻松中透着俏皮，多看几遍，又觉得其中有说不出的苦涩。

对年轻人来说，困境是什么呢？通俗点说，高考、考研失败，毕业找不到工作，低薪工作无力租房，买不起房结不了婚，和相恋多年的爱人分手，突然被辞退，家人重病离世……这些平庸人生的困境、隔绝的困境、沟通的困境、天灾人祸的困境以不同的方式排列组合出现，像一记记组合拳打得我们头破血流。

对我来说，人生中的绝境和改变是从 2011 年 6 月，我毕业那时开始的。

在《超级演说家》和上本书《你一年的 8760 小时》里，这段故事无法避开，但我匆匆几笔带过，下笔克制，不想说太多细节，也不想吐露当时的迷茫和脆弱。也许，到今天，我才可以真正地面对这段过往，写下内心的感受。

本科毕业前夕，父亲在为乡民安装新路灯时，被两个 20 岁出头的醉酒小伙骑摩托车撞伤，不治身亡。他想让更多人看到光明，而自己，却没有看到第二天的太阳。

放下工作，放弃毕业典礼，匆匆赶回乌鲁木齐奔丧。回家的飞机上，我大哭不止。

那是我最后一次哭。此后，遇到任何难事也流不出一滴泪。

父亲是天，是一家人的支柱。

他走了，这个家天崩地裂。

我枯坐在自己的小屋里，从天黑到天亮，很多天。

心在哭，脸上却没有泪。泪水都灌进心里，满是苦涩，喘不过气。

母亲因为巨大的打击，痛哭不止，几天时间人瘦了一圈，整个人深度抑郁，有时一整天都不想说话。

妹妹还在备战中考，面对突然的噩耗，她在不安中痛苦，还想极力安慰母亲和宽慰我。

那时的我，月薪几千块，每天工作 12 小时以上，房租占去了三分之一的收入，在北京只能维持温饱的生活。经历了两次"下岗"之后，事业无成。恋人离去，身边没有人陪伴，也没有人可以安慰我。

脑子里一团乱麻，冒出一个个问题，先是"为什么"，然后是"怎么办"。为什么这样的人祸要降临在我们一家的身上？为什么父亲一生帮助他人到了无私的地步，却被他正在帮助的人撞死？父亲给别人带去温暖和希望，谁来温暖我们？我在北京疲于奔命事业无成，怎么去照顾悲痛欲绝的母亲和妹妹？

有几个瞬间，我觉得人生没有什么意义，全是痛苦，不知道该往哪里走。

可我明白，要立刻为母亲看病，帮妹妹稳定情绪复习，未来很多年，物质上、精神上，她们能依靠的，只有我一个人了——我要好好的。

那些难处，每一天，都真真切切地出现在我的生活里，等着我去面对去解决，无处可逃。以后的每一天，我都将过得很艰难、很艰难、很艰难。

无人可以分担，只能自己扛起。即使全世界很热闹，但热闹是全世界的，和我一点关系也没有。就好像连续五次租房被拒，一个人深夜走在中关村的马路上，那万家灯火，和我无关。

人，是可以在一夜之间成熟的。某个无眠的夜晚，我想清楚了很多事，未来的规划和执行也清晰起来。我知道自己要做什么，也明白如何去做。

从那天起，真实地面对死亡和生活，无所畏惧。

从那天起，没有一天放弃过自律，用最严格的标准要求自己，也用最宽容的标准面对他人。

绝境，锻炼了我。

如果你此刻也处在人生的低谷，不要怕，别慌张，按照步骤一步步锤炼自己，相信你也可以和我一样变成全新的自己。

1. 正视困境，不要乱。

最大的恐惧是恐惧本身。一期真人秀节目里，探险家贝尔让一群明星从野地里抓青蛙。有位女明星很害怕，她鼓足勇气抓着青蛙往网里扔的一瞬间，贝尔说："盯住它，它就好像是那些讨厌的人，这是你应该说的，'我掌控局面'。面对恐惧，把恐惧扔进网里去。这就是勇气，这也是你成为生活赢家的原因。"

当我想到失去父亲后自己未来要解决的问题时，消极躲避的时候是最难受的。当我决定抛开恐惧，拿出纸笔一件件写下自己要做的事时，我发现，内心的恐惧一点点退去，起码我知道自己在未来几年要做什么，能为家庭、为社会带来哪些好的改变。

面对生离死别是这样，面对生活中各种各样的挫折更要这样。

格非说："世界非常糟糕，所以我们要警惕，一个人不可能彻底摆脱这样的困境，因为摆脱不了，可以看得轻一点，从反面给自己勇气。所有人都在往上爬，想扒着中产阶级的边缘不掉下去。不能失业不能生病。为了不掉下去，耗尽了所有的精力。"

北上广的房价涨了一波又一波。有人笑，有人哭。很多年轻人对于未来、对于社会有预设的观点，觉得自己大学毕业就要得到怎样怎样的生活，三年买车，五年买房，一旦没达成，就觉得幻灭，开始抱怨生命本身。

纵横职场多年的人也有深切的危机感，处于焦虑之中。

我的很多朋友是媒体人，曾经电视、报纸等媒体很强势的时候，别人是礼貌客气、高接远迎，而今，很多人唱衰传统媒体，谁都不知道再过两三年有些报社是否会倒闭，有些广播电视的收视率会跌到什么程度。人人在焦虑中考虑转型，但极少有人知道往哪里转。

可焦虑比麻木要好得多。

2. 找到出路，新突围。

人们在困境中，问得最多，而旁人最难回答的一个问题是："我怎么办？"慌乱中，太渴望别人为自己的生命负起责任，给出一个现成的回答。《不抱怨的世界》的作者威尔·鲍温认为："习惯性地向他人求助是一种最大的惰性，大部分困境中，能依托的是自我内心的能量。"

人生要在困境中找到出路，花一些时间，停下来，安静下来，独自思考。与其为房价上涨发愁，不如积极行动，让自己的收入跑赢大盘，超过房价的涨幅。对自己的外表不满意，就努力健身、读书，内外兼修。与同学、同事关系紧张，就检视自己，改进沟通的技巧。考试失败，事业失败，就结合自身特质，去寻找一条新路。

在家陪伴母亲的日子里，我放下了很多自以为是，反思过去失败的人生。两次"下岗"的经历，表面看是被妒忌被打击，实质是自己身上还有北大名校生的傲气，觉得讲课牛就是一切，忽视了和同事的相处之道；每天工作十几小时，累到打吊瓶，本质是没有抓大放小，管理不到位；全年无休，工资依然微薄，成就感不高，本质是没有在教学最前沿最核心的领域和岗位奋斗；感情受挫，无法建立亲密关系，本质是自己不会从内心关爱体贴他人，加上外表肥胖邋遢，让人难以亲近。

可想而知，如果我还是满足于每天埋头苦干，不抬头看路，只注意到教学本身，不提升管理技能，不扩展自己的能力边界的话，那未来的 3 年，我还会是那个月薪几千、独往独来的胖子。别说改变世界了，就是照顾妈妈和妹妹都是空话——我必须为自己找到新的出路。

奔丧结束回到北京工作后，我给自己定下了 22 条"军规"，全方位自律。3 年内，我的人生变得大不同。

在公司内部寻求更核心的工作岗位——从中学部转教托福课程，待遇提升。

不再沉迷于游戏，阅读彼得·德鲁克等管理大师的书籍，学以致用——在实践中增强了领导力，带领部门进步，也为管理其他工作团队做了铺垫。

无偿录制英语教学视频，用微博等新媒体手段推广——《酷艾英语》系列视频点击量突破 5000 万次，更多人知道了我，增强了影响力。也吸引了俞敏洪老师的注意，得到了他的认可。

减肥健身，风雨无阻——从 190 斤降到 140 斤，练出六块腹肌，形象和精神面貌得到极大改善。

无条件在 7 点前起床，带领大家读英语——微博早起团、读书团等公益活动帮助上万人养成了早起晨读的好习惯，他们也成为我的第一批忠实支持者。

重点突破演讲这一核心竞争力，提升中英双语主持水平——成为新东方最年轻的集团演讲师，也因此受邀参加《超级演说家》《奇葩说》《饭局的诱惑》等节目，主持《风暴英雄》游戏、《魔兽》电影等世界级发布会，走出跨界之路。

制定战略寻找出路时，我并没有设想过后面的一系列成果，我只知道自己必须改变，要在一条新路上前行。当你有一个可行的战略并拼尽全力去做时，世界会给你回应，很多意想不到的机会就出现了。

人生的低谷，是个人的能力没有达到那个程度。能力提升，高度改变后，那些以前认为迈不过去的坎、翻不过去的山都变为了平地，很多原先认为无法解决的问题将不再是问题。

3. 保持希望，去拼搏。

即使背后空无一人，也要努力拼搏。这条路走来艰辛，很多时候很长时间看不到成果，但你仍要保持希望。

没有退路的时候，是成长最迅速的时候。

我的朋友小Y在毕业前夕也遇到了她人生中的低谷。家庭和感情的变故以及工作的变动让她一夜之间几乎一无所有。原先在海边别墅度过寒暑假，课余时间去各地旅行，还有一份可以预期的留校工作。这样的生活突然变成了毕业时工作被人顶替，也因此错过了应届生就业的黄金期，无缘进入任何所谓体制内的工作。

她不得不临时找了一份自己从没想过的媒体工作，拿着900元的起薪独立奋斗。

一个女孩子，没有人可以依靠，也不屑向各种明规则潜规则低头，在一个陌生的行业从0做起，这可能是很多都市上班族的写照。

起薪低，稿酬也低。平均千字70元的稿酬，意味着写一个整版三四千字的特稿所得不过200元，为了这一篇稿子，要联系若干个人采访，提前搜集资料做功课，采访若干小时，整理录音若干小时，再梳理成文又要一些时间。

别人几天写一篇，她一周写五六个整版。白天出去跑新闻，夜里回家继续写采访，最多的时候，一天写一万字是家常便饭。

因为专业、靠谱，开始有杂志来邀约人物访谈，出版社约书评，稿费从千字200元涨到千字500元不等。一篇稿子改了又改，只因为想给编辑留个好印象，下次还来约稿。那些截稿前需要填版的紧急稿件会找她做，因为出稿快。连续熬夜吃不消，她就先睡一会儿，定早上 4 点的闹钟起床，写到 9 点再去单位上班。

我问她，那时那样努力是不是为了找回过去的生活。她说，自己知道，在完全没有背景的情况下，从事的又不是暴利行业，即使自己拼尽全力，可能 5 年后也至多奋斗成为中产，再也无法恢复到以前的状态，但必须咬着牙往前走，躺在家里哭一点用也没有。

工作到第 3 年，她买了车，第 5 年买了房，用的是自己一个字一个字写出来的钱。

面对困境内心强大是个渐进的过程，将你看到的、经历的转化为内心的力量和处事的能量。我和朋友的经历说明，我们和所有人一样经历过低谷、逆境甚至绝境，虽然有过要崩溃的脆弱，但内心的力量和梦想支撑着我们度过了难熬的日子。

奋斗的过程中，依然会有反复，有脆弱、迷茫、不自信的时候，但希望永在，就像《了不起的盖茨比》里，人们对着海湾伸出双手，想拥抱海岸对面灯塔上的那盏绿灯。

我总是告诉自己：只要活着，就有希望，还有那么多美好等着我去发现、去实现。

人生道路漫长，紧要处往往只有几步。再大的困境，都有解决之道。

一件事的影响有些取决于事件本身，更大程度上取决于看待的角度。只要你不觉得自己受伤害，就没有人和事可以伤害你。

打破人生困境的最好方法是让自己足够强大，你终将抵达光明之地。

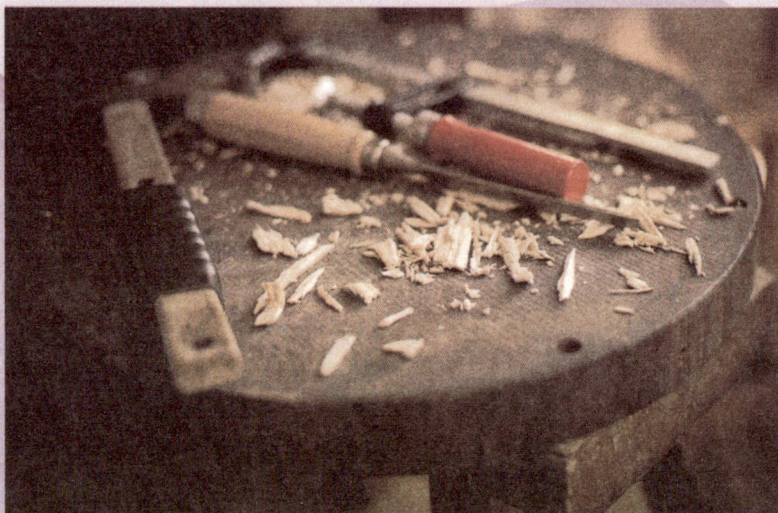
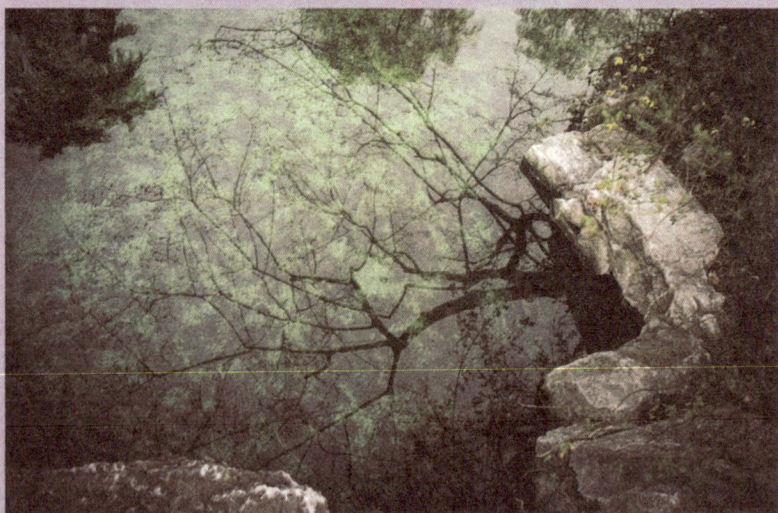

用死磕的精神寻求
"最优解"

人生已经如此艰难，为什么还要让自己每天多做一点？你可以选择不坚持，那千万不要抱怨。不背单词，又羡慕英语流利的人；不爱锻炼，又羡慕那些身材好的人。所有的果都有因，所有的妥协背后都有无奈。
又不得不承认，我们其实想要更多，想要更美好的未来。
你原本可以过上更好的生活，不要因为没能坚持而悔不当初。

哈佛大学的报告会上，俞敏洪提出了一个观点：用"4B"精神，做"5B"的事情。The first B is 苦 B，the second B is 2B，the third B is 装 B，the fourth B is 傻 B。

这些话如果不当作贬义来理解很简单——我们大多数人都是苦 B 出身，很二地去坚持所信奉的东西，很傻地一条道走到黑坚持下去，过程中也要偶尔装一下。不装怎么办呢？对人对组织有意见直接说出来，轻则得罪人，重则没活路。这之外，最重要的是把一件事做好，做牛 B 了。

如何精进自己，变成牛人？我的经验是——只比别人做多一点点。

—1—

每年我在全国各地演讲一两百场，每场台下坐着成千甚至上万人。演讲中，我会介绍自己的早起团——只要在微博上坚持 21 天早上 7 点前起床打卡，我就自掏腰包给大家送礼物。

听到这话，台下的人先是惊讶，然后鼓掌。他们内心的想法可能是：这家伙疯了吗？今天听讲的一万人要是都送礼物，他岂不是要破产？

我心里明白，现场的大伙信誓旦旦地说要坚持要改变自己，最后能做到的不会超过 1%。讲座的第二天，我的微博转发量暴增，头天听讲座的人纷纷早起，只做一天太简单了。第二天人数减半，第三天以后还来打卡的人寥寥无几。

几年来，单是早起团一项，我就送出了30万元的礼物。

早起的好处大家都知道，不需要物质基础，只需要意志力和自控力，可为什么大多数人怎么都做不到？

不单是早起早睡，其他事情也一样。

每次在健身房，教练带我去做无氧运动，做肌肉训练，告诉我，真正高效的训练不是四五十公斤的大重量举一两次，而是练肱二头肌。先举35磅的哑铃6次，30磅的8次，25磅的10次，20磅的12次，最痛苦的是把15磅的哑铃举15次。

最最难受的就是最后这个环节了，已经精疲力竭，还要继续坚持。我问教练，重的都举了不就行了吗，为什么要在力竭时举最轻的？

他说："如果你真的想要练肌肉，就得这样练。这叫力竭训练，要把力量全部用完，肌肉才有可能增长。如果最后一下没坚持住，力量没有突破口。"你是否能更优秀，就看你是否能在别人休息时，坚持那一小下，把那额外一分钟的苦吃完。

除了新东方的工作邀约，还经常被各地的高校和组织邀请去做演讲和分享，我尽力而为。通常在被邀请时，学生会的同学们特别热情，列举活动意义，表达邀请诚意，有的人能坚持数月发私信。

然而在活动结束后，很少有人会表达谢意并发送现场照片，虽然很多活动有摄像机架在那里录制，可我收到活动视频的次数少得可怜。

有一次应记者朋友之邀去外地开讲座，活动现场气氛热烈，一场大学里的讲座，现场有 3 个机位摄影，像电视台的访谈节目。

活动第二天，我收到了几十张专业级别的摄影图和一个半小时的音频资料。

第三天，收到了精剪版带片头的 20 分钟视频。

我问她，搞这样的公益活动，你不挣钱，还要搭上自己的时间、人脉去联系专业的摄影师、剪辑师，为什么坚持这样做？即使没有后续这些环节，对工作本身而言，活动已经算成功了。

她回答说，邀请的每位名人嘉宾都是出于对我们的信任和支持自费前来，他们不求物质收益，不要出场费，只为和大学生们有更好的交流，帮他们留下美好的回忆是我们应该给予的回报，这样才能建立良性的循环，几乎所有的嘉宾都保持了长期的愉快的合作关系。

"那你是从什么时候起，养成了凡事不怕麻烦，做多一点的习惯呢？"我问她。

"推己及人。"她解释说，自己负责图书版块，每天邮箱里收到几十封各个出版社的营销编辑发来的新书资料，联系图书新闻和访谈的推介。

而图书资料包，是了解这些书是否有新闻价值的重要途径。不同的书有不同的价值，有的适合发书讯，有的适合做新闻，有的则要做作家专访，需要的侧重点不同。但书的立体封面、作者照片、新书简介等基本内容是必需的。此外，试读连载版、书评等资料也时有需要，用的时候再去找营销编辑要，很多时候他们未必能及时回复。

发来的邮件中，有些文件过期不能下载，过一段时间做盘点新闻时无法找到。有的人习惯打一个压缩包，不论书好坏要下载了打开一个一个文件看才知道。有的人习惯在附件里贴上一个个单独文件，需要时要逐个下载。

这其中，有几位编辑给她留下了深刻印象。邮件标题醒目，正文中写明了书的内容和新闻点，用合适的字号标记。然后分列了几个最常用的文件，最后附了一个压缩包，全部资料都有，如果需要详细信息，可以下载。新书手册的 Word 文档中，从整体的逻辑框架，到排版、字号、字体颜色都精心设置，重点突出。甚至帮媒体列好了几个有新闻性的报道角度。

没有若干小时的苦功夫是做不出的，只多做的这一点，让她的成功率高了很多。用一两个小时敷衍也可以做一份新书资料，但实际效果如何显而易见。

如果你是老板，招聘员工时，会优先考虑哪种类型的员工？

今年 4 月，我在上海主持《星际争霸 2》世界级比赛。我是狂热的游戏迷，更是暴雪忠粉，身边有朋友一直特别羡慕那些职业玩家，觉得同样是每天长时间玩游戏，他们玩着就把钱挣了。大家也纳闷在《星级争霸》领域，中国选手为什么打不过欧美选手。

几天的高强度比赛，主持间隙我到后台休息室，中国选手在休息聊天，欧美选手则在训练。从第一天到最后一天，无论输赢，无论是否马上又比赛，他们一刻不停地训练，认真操作，手速如飞。

不时在自己的本子上记录哪里需要改进，哪些错误不要再犯，对手有什么高招值得学习。《星际争霸2》项目中，韩国选手更是高手中的高手，韩国队与世界明星队比赛24场，他们只输了4场。比赛结束，我和各国选手聚餐，韩国队还在反思、总结为什么输了4场。

健身时，多练几组，就能达到更好的增肌效果。每天比别人早起一点，就能收获更多时间、自信和快乐，增强对自己生命的掌握力。工作时，多为合作者着想，选择合适的方案，就能收获更多尊重和信任，为自己的专业背书。即使是打游戏，多训练几盘，也有望成为最强王者。

— 2 —

我曾经一度以为俞敏洪老师有超能力——他能把人名和脸对上号。

跟他出差去新东方乌鲁木齐分校时，作为当地人，我也没能记住分校大多数同事的名字，他不但记得，还记得上次对话的内容，甚至还关心到对方的家人。聚餐时，大家聊天，对方跟我聊，我大写的蒙，俞老师谈笑风生。

别小看这一点，能叫出见面次数不多的人的名字是对对方很大的尊重，也会拉近彼此的距离。

这项"特殊"的技能是花时间练就的。我们总觉得所谓的坚持就是咬牙切齿，拼搏流汗。还有一种是当你和别人一起经历了咬牙切齿、拼搏流汗之后，大家都精疲力竭去休息，你还能用最后一丝力气去处理好细节问题。而这些细节的坚持积累下来是巨大的变化。

我能和俞老师结缘，也源于一次"多一点"的努力。

新春伊始，俞老师会给新东方全体员工群发新年祝福邮件，收到大老板这种邮件，很多人不会回复，觉得成千上万封邮件，回复了老板也看不到。

我傻乎乎地回复了，说感谢俞老师，对我帮助特别大。没想到俞老师又回复了。那是我们第一次单独联系。

问题来了，如果他没回邮件给我，我还会坚持给他写信吗？如果时光倒流，即使没有回音，我还是会发送那封邮件，只为表达我的敬意。这是偶然中的必然，我会始终发下去，只是不求回报地努力着。撞上了就是幸运了，但运气是自己制造的。

在工作中，我的原则是：做一件事，不问报酬，立刻执行，先把事做成了再说。少"不"多"是"，少说多做。不断尝试，用结果说话。

人生已经如此艰难，为什么还要让自己每天多做一点？你可以选择不坚持，那千万不要抱怨。不背单词，又羡慕英语流利的人；不爱锻炼，又羡慕那些身材好的人。所有的果都有因，所有的妥协背后都有无奈。

又不得不承认，我们其实想要更多，想要更美好的未来。

你原本可以过上更好的生活，不要因为没能坚持而悔不当初。

追随者，
永不领先

局限于自己的小舞台，就无法跨界到真正的世界中心。
我们不站在世界之外，也不总是站在同一条街边，而是站在路中央观望着这个时代
并时刻准备着投入其中的人。

和大部分人一样，我第一次知道马东是通过央视的《挑战主持人》节目。

　　这档节目当时火到什么程度？几乎每个想通过"说话"走上人生巅峰的年轻人都想过自己何时才能像《挑战主持人》的选手一样伶牙俐齿，而最害怕的就是听到马东那句经典的："你可能委屈，也可能不服，但是你被淘汰了。"

　　那个年代，电视上大部分主持人以颜值著称，男主持人高大帅气，女主持人美丽端庄。第一次见到马东这样的主持人，我吓坏了，心想，这样的颜值也能在央视当主持人，他肯定有非凡的实力。

　　猜测果然没错，他以强大的知识储备、卓越的口才，成为真正的主持人中的最佳主持人。后来，那档节目不做了，马东在大家的视野中仿佛消失了，直到我阴错阳差地参加了《奇葩说》。

　　当别人推荐我去试镜时，告诉我说，这是一档严肃的辩论节目。他们还说，这节目是马东办的。我想，这挺符合我的胃口，因为我真的喜欢严肃的辩论。有沉稳的马东老师在，格调也有了保障。

　　2014年10月，我走进《奇葩说》海选的面试室，马东穿着苏格兰裙坐在那里，搭配黑色的皮鞋，紧绷着的白色丝袜勾勒出腿部肌肉的线条。强大的违和感让我实在无法把他和那个说出"你可能委屈，也可能不服"的严肃的人画上等号。第一期录制，更是被他的重口味吓坏了，各种没节操没底线的笑话满天飞。打起广告更是脑洞大开，什么比喻都能想得出来。当节目嘉宾"hold 住姐"谢依霖在舞台上拿出情趣用品时，全体惊呆，只有他淡定地拿起来，举重若轻地讲解如何使用。这种巨大的反差让我无法理解——马东老师怎么变成这样了？原来他是这样一个老师。

马东的一生是一部不断变换舞台，并在每一个新舞台上迅速找到角色定位的传奇史。

父亲是相声大师马季，出生在如此显赫的曲艺世家，他从小不乏压力。有一次在节目中，他说自己从小被欺负，别的同学会被拉到墙角揍一顿，而他会被拉到墙角，同学恶狠狠地说："你，给我说段相声。"讲这话时，他笑得云淡风轻。

在父亲光环下长大的人，或多或少都有点反叛精神，他并没有选择子承父业进入相声圈。18 岁高中时选择去澳大利亚读计算机专业，27 岁毅然回国就读电影学院。马东其实是个海归，虽然很难把他的脸和"海归"这个洋气的词联系在一起。

回国后，在朋友的建议下，马东开始做语言类节目主持人，在湖南等地电视台工作。后来，成为央视的当家主持，还担任过春晚语言类节目的导演。一般半路出家的主持人如果有这样的成绩，会觉得已经是人生赢家，没有必要再转换身份。

马东看重的是在不断转换中的生活状态。"我原来在中央电视台，在那个山上爬爬，爬到一个高度，这种时候我是不是还要上到这个山顶。只有把那个山爬到过云彩了，才发现说，那边还有山。"

2013 年，他离开央视，成为爱奇艺的内容总监。从某种程度上来说，他盘活了爱奇艺的视频战略布局。招牌的《奇葩说》、负责引进的现象级韩剧、《心理罪》等自制剧强势刷屏。按照他自己的话说，他永远都是一个"活泼、快乐的90后"。

在爱奇艺工作两年多之后，他又选择了转型，成立了米未传媒，拿到20亿融资。

2015年，我请马东去北京的某新疆饭馆吃饭。没订到包间，我试探地问他能否坐在外面，他二话不说就答应了。他自己开车过来，衣着朴素，讲的话也很有深度，并不像节目里那么大的尺度。我当时也纳闷："马东老师您还是这么正常，我本以为离开央视后，您就彻底放开了。您是怎么做到在不同的舞台上一下子就能转变自如的？"

马东笑了笑，旋即说："哪有什么放得开，放不开。不过是在不同的舞台找到自己的角色定位罢了。就好像你在马路上开车，当你开在限速为60公里的路上，开60公里就好；在限速120公里的路上，如果还开60公里，那就傻了。"

这番话对我帮助很大。在第一季《奇葩说》里，我总找不到那种恰如其分的娱乐感。在大家都放松的时候，我尝试去严肃，显得很装；大家都在严肃的时候，我又想搞笑，显得很傻。

马东用这个比喻，大概是因为他在做搞笑节目的同时，还在做赛车类节目《巅峰拍档 Top Gear》的主持。

他的创作风格就是要特立独行，按他的话说："就是要炸，可以做出自己的内容，并不需要跟风模仿。"

追随者，永不领先。

我也曾问他，如果推荐一本书，会是什么。他说，如果只推荐一本，那就是尼尔·波兹曼的《娱乐至死》。大多数读者读完此书持有悲观看法，觉得人性要堕落了，不要被娱乐化腐蚀，赶紧去读书。在马东看来，这是人类自然进化的过程，不必感到悲哀，要顺着人类的天性去寻求最大限度吸引注意力的新方法。

在他眼中，《娱乐至死》讲了人类从印刷文明向电视文明的过渡，这个时代又迅速跳到了互联网时代，这也可能是他下定决心从央视平台投身互联网的原因。毕竟《奇葩说》是首档纯网综艺节目，此前没人敢做，更没人想到可能会取得如此大的成功。

马东不仅仅在不同的人生角色上转换非常自如，情绪态度的转换也恰到好处。

有些时候新选手对节目定位把握不准，为了搞笑而搞笑，没有底线，玩笑会开得非常重口味。虽然没有 get 到笑点，其他选手为了配合节目效果也会笑一下。马东则会适时插话，将节目拉入正轨。

每次节目开始，马东会非常 high 地花式念广告。节目行将结束，双方辩论胶着时，他会加入讨论，从议长身份变成议员，从一个非常新的角度以辩手的身份去分析辩题。

比如讲到"丑闻主角就活该被万人虐吗"，所有人的主题几乎都是围绕娱乐明星的八卦绯闻，从道德层面进行讨论。马东一上来就拔高了这个议题，他引申说，丑闻还包括科学家盗用论文、政客做出不恰当行为等。万人虐只是大家呼吁正义的过程，即使最后结果不一定证明群众是正确的或者反对的声音是有效的，至少应该有一个空间允许大家发出反对的声音，而不是片面地掩盖。而一个没有任何人敢反对的世界，要比一个被万人虐的世界更可怕，更让人身陷恐惧。

从一个诙谐的角色，瞬间转化为看到更深层次问题的人，这转变的尺度，他早已了然于心，更知道何时自己该以另外的方式和角色出现。

真正的转化力是在不要在意他人目光和在意他人感受之间找到平衡，归根结底是"情商"二字。

人生有三大自由：时间自由、财务自由、角色自由。无疑，马东更重视第三种自由。人只能活一次，尽量多体会一些角色，会增强心中的幸福感。

从一个著名相声演员之子，到海归，到各大电视台当家主持，再到导演；毅然离开最权威的平台，来到上升期的视频网站，做出现象级的网络节目，然后选择创业……马东总在求变，他不希望自己的生活一成不变。

但他也不是如大家所说，彻底失去了节操。他显然不因为离开权威平台就放开自己，他只是看透了事物的本质，选择了最优的解决方式。他深知：一个人在不同的舞台上，应该表现出最优的一面。

如此多的"转型"次数，实际上是沿着一条直线，不断跳跃摸高，每一次对于内容形式的全新探索，都让他的事业路径向上多出一段段的新高度，而最高点还没有到达。

局限于自己的小舞台，就无法跨界到真正的世界中心。

我们不站在世界之外，也不总是站在同一条街边，而是站在路中央观望着这个时代并时刻准备着投入其中的人。

当所有人说
不可能

如果不懈地努力，就有成功的可能。如果不做，连成功的可能都没有。那我们要不要为了一个成功的可能性付出百分之百甚至百分之二百的努力？

如果1加1等于3，整个宇宙会呈现出怎样的状态？

这并非不可能。一次采访中，《三体》作者刘慈欣提到，有一篇科幻小说，讲一个数学家发现了在3和4之间还有一个整数，这就是数学规律可能会被改变的一个假设。

写上本书的几个月里，一度很纠结。在以往的跨界领域里，做的事也算小有所成，写作这个全新的领域我却心里没底，更担心如果搞砸了，别人会投来怎样的眼光，发起怎样的议论。

一天，在电梯里遇到俞敏洪老师，他问我最近在忙什么，看上去有心事。我跟他说起自己写书这件事，也说出了心中的忐忑。他用一句话鼓励了我——那么多人能做到，你为什么不行？

有的人可以朝九晚五，又能浪迹天涯；有的人可以担任公司高管，又能写诗出书；有的人可以在平凡生活中突破自我……你为什么不行？

奋斗路上，总有人对你说"不可能"，而把不可能变成可能的精神，"知其不可为而为之"的执着，是牛人和平庸者的分界线。

华人神探李昌钰被称为"当代福尔摩斯""现场重建之王"，参与了举世关注的"辛普森杀妻案"的鉴识工作。他不仅是5年读完美国本科硕士博士的超级学霸，还是77岁高龄仍可1秒放倒撒贝宁的功夫高手。他的一生只做一件事情，就是变不可能为可能。

刚到美国时，李昌钰身上只有 50 块钱，他用自己成功的例子跟大家分享了一个理念：有理想，立定一个方向，不是在那里绕圈子停在原地，向一个目标慢慢前进，总会实现理想。

在李昌钰眼中，假如接受通常人们说的"不可能"，就是投降了，你一定要在没有办法的路上，开一条路。你自己开了一条路，有了这条路，就有了走向成功之路的可能性。当然，也不可能说一步就走向成功，你要慢慢走。这就是将不可能变成可能的方法。

拿我喜欢的暴雪游戏来说，在十几年前，很少有人知道"电子竞技"这个词，也没人认为能靠打游戏安身立命。

喜欢《魔兽争霸 3》这款游戏是因为一个人的精神。他相信自己可以做到世界顶尖，也相信，可以借此闯出一片天。由于家里那台 2000 块钱的电脑配置太差，人口一旦超过 100 就会卡顿，所以他只能选择速攻的战术，在别人忙着造建筑升级科技时，他带着男女巫和火枪手一波制胜，创造了"SKY 流""一波流""近点塔RUSH 流"。

这个人叫 SKY，凭借这种新创的战术，他斩获了 2005 年、2006年连续两届 WCG（世界电子竞技大赛）世界总冠军，成为名人堂成员，和 Moon、Grubby 成为世界魔兽争霸项目上公认的三名最伟大的选手。

12 年后，当初痴迷打游戏的我，也实现了自己作为玩家的梦想，主持了电影《魔兽》的发布会，和吴彦祖等明星同台交流，并作为中国唯一官方邀请的采访嘉宾，去好莱坞参加《魔兽》全球首映礼做报道。当初在网吧里被老爸拖出来一顿揍的小男孩，想不到有一天会因为坚持，实现了自己对游戏的梦想。

这些一生都在挑战不可能的人成了传奇，普通人也能在自己的领域里创造一个个不可能。

当一个朋友说要在40天内不用家装公司和包工队，独立设计、装修好房子时，身边所有的人都劝她说不可能。

你没学过设计，能行吗？你没装修经验，懂得装修步骤吗？你一个女孩子，要去买各种建材又要自己找工人一个项目一个项目装，能镇得住他们吗？疑问一个接着一个。

她先搜集了很多风格方案，请学设计的朋友纠正了自己设计中不科学的地方，再用一天时间看了各种装修经验贴，把步骤和几百个令人吐血的"大坑"打印下来，每天看几遍，在操作过程中尽量规避。从第三天开始，她去定做门、整体厨房、书架，这几样要一个月的时间才能送货安装。

余下的二十几天，每天按部就班一项项做下来。一个月后，全白色的北欧风格公寓装修完成，房间里摆满了绿植和鲜花。

没有那么多不可能，有问题就去解决问题。自己只能从美学层面进行设计，就找专业设计师看草图提出改进方案；建筑工嫌活少利润低，就加一点工资，他们会用一天时间干完两天的活；别人家不管饭，工人敷衍了事，就带大家去楼下吃大盘鸡；几个人一起商议容易出问题，就自己全部做决定，反而效率奇高。

另一个朋友在多年前决定辞职专心复习考研时，距离考试还有两个月，所有人也说不可能。理由听起来很有道理：你本科时没认真上课，光是复习英语和政治，两个月时间也来不及。

他先借来本校同学四年的课堂笔记，研究了老师的教学重点和经常考的难点。又去报了英语和政治的网络课，每天认真做真题的同时，再根据自己列的考试提纲去一一击破专业课难点。

刚开始看英语题像看天书，单词没几个认识的。做完每一套真题后，把不认识的词记在本子上，反复背，第二次看到它觉得有些眼熟，第三次想起了词义，到第五次第十次看到它时已经像朋友一样亲切了。

那一年，他的英语和政治都超过了录取分数线20多分，最终考上了公费研究生。

他们靠的不是蛮干。找到方法，别低估自己的潜力，也不要高估自己的自控力。

比如写书这件事，一本书大概需要10万字，如果规定自己一天写1万字，也就是3篇文章，巨大的压力会带来拖延，心情压抑，做别的事也提不起精神，还会想方设法逃避。如果把计划改为每天写一篇，或者两天写一篇，可以有一天来构思，一天下笔，那三个月也可完稿，这已经是很快的写作速度了。

我们的社会已经从农业社会变成商业社会，又变到网络社会，将来会变成从吃饭到开车再到各种生活体验都是移动着的社会。

新的冲击之下，职业、创业的选择种类也有巨变。

创业节目中，论证一个项目可能性的时候，投资人经常谈的一个话题是刚需和非刚需。在判断一个高端鲜花和甜品组合的创业项目时，有的投资者表示对这种非刚需的奢侈品持观望态度。投资人龙宇却说，今天的小众或者今天的非刚需就是明天主流的需求。

这两年，从录制每期二三十分钟的《酷艾英语》到推出几分钟版的《酷艾英语》每日秀，看似小变却更契合时代潮流的创造，我是有考量的——从长视频到短视频的转换，要在最短时间内找到生活中的痛点，帮受众解决问题。

打破不可能的思维方式，很重要的一点是我从凯文·凯利的《必然》中学到的观点——做从未来看是正确的事。在科学工具的帮助下，如果知识真呈指数增长，我们应该很快就能消除困惑。然而实际情况是，我们不断发现更大的未知领域。这个发现的过程，也就是面对未知的不可能的过程。

俞敏洪喜欢讲守株待兔的故事。守株待兔的一个最大问题是什么呢？明明知道这个地方不可能再有兔子来还在这里守着。当初他从北大出来就是因为知道在北大不可能抓到新的兔子。

俞敏洪认为企业家当中最重要的就是"二"和"傻"两个字。就是要坚持"二"，人家不敢干的你去干，另外要坚持"傻"，人家觉得没希望的事情你要干下去，这是两个最重要的东西。这大概也是他创造一个又一个不可能的核心竞争力。

我们面对固有的一切的时候，会觉得它是如此庞大、如此严密，被前人证明过的难以撼动。就像这个世界上很多的事情一样，当我们先人为主地认为这是一个靠外界力量难以改变的现实，而个人实际上无能为力的时候，这件事是很难有所改变的。

当我们太在意结果，不太纠结于别人口中的不可能，只是尽力想出新办法去做一件事时，只需要想我需要什么，我需要怎么做。

新东方的口号是："从绝望中寻找希望，人生终将辉煌"。当别人说"不可能"，其实恰恰是机会刚刚开始。

如果不懈地努力，就有成功的可能。如果不做，连成功的可能都没有。那我们要不要为了一个成功的可能性付出百分之百甚至百分之二百的努力？

我要努力去尝试、奋斗，不仅仅是为了自己。我不是富二代，不是官二代，没有人可以依赖，一穷二白。如果我这样的人都能成功，那有很多年轻人都能成功——这个世界仍有机会，只看你能否锤炼自己，抓住机会，站上风口。

有没有可能给自己一个机会，让人生没有借口，付出全部努力去做一件事？

你不再只是
一枚螺丝钉

这是最好的时代，也是最坏的时代。

说它最好，因为知识和匠人精神总算可以受到前所未有的重视，也可以变现。说它最坏，因为过去几十年一成不变的"大锅饭"和组织的安全网逐渐瓦解，任何一个人在任何时刻都有可能被社会淘汰。即使你不急于将知识变现，只想安逸地在体制内安稳工作或者在企业中的固定角色上待着，也需要提升自己。

电影《中国合伙人》中，我印象最深的一个情节不是象征俞敏洪老师的角色成东青被拒签后大喊"美国人民需要我"，而是他工作之初为了养家糊口做家教时的一个细节。学生家长为了感谢俞老师，给他送了一筐鸡蛋而不是按照约定给钱。电影里，"俞老师"看着那筐鸡蛋很无奈。后来我问他当时的情形，他回忆不起来到底有没有这件事，但在那个年代人们送鸡蛋送点土特产就打发掉课时费的现象很普遍。

古代知识分子羞于谈钱，到现代改变也不大。知识在很多人眼里不能替换为金钱。国外一本书价格贵，国内书价便宜而且面临各种侵犯版权的情况。国内一个知识分子的地位，远不及娱乐明星。诺贝尔奖的新闻浏览量赶不上一个明星结婚的消息，知识所有者的地位很尴尬。

考入北大计算机学院后，很多人碰到我就随口说："艾力，你帮我修个电脑吧。""你帮我做下这个PPT，简单弄弄就行。"略有常识的人都明白，修电脑是脑力活也是体力活，一个PPT从搜集素材到完成也不是件容易事。

大二，我转系去读英语语言文学，又常有人这样说："艾力啊，你帮我翻译下这个稿子呗，对你这个英语系高才生来说是很简单的一件事，下次我请你吃饭啊。"我内心的声音是：翻译很花时间的好吗？翻译好很费脑子的好吗？虽然这样想着，但还是碍于情分不好拒绝，我还是尽力满足他们的要求，结果浪费了很多原本可以用来学习和社会实践的时间。

在国内，知识一度很廉价，而感情看似是无价的，尤其是当人们用情感来绑架免费知识劳动力的时候。别人用无价的感情来索取你"廉价"的劳动时，只是"偶尔帮个小忙"，你怎么好意思说不呢？你怎么好意思不用你的知识去帮朋友的忙呢？你怎么好意思用自己花费的时间、心力去跟朋友谈钱呢？

近几年，调查显示，大学毕业生的首选是考公务员，有的岗位出现了几百比一的录取率。其中一个原因是，大家觉得自己的知识和手艺很难卖个好价钱，难以成功变现。这一切在近些年慢慢有了改变。俞敏洪算国内最早一批通过售卖自己的知识成功挣钱的人，用20多年时间建立了新东方的辉煌。他是幸运的，而且不是唯一的。现在，一个优秀的人，可以迅速变现，速度和规模超出你的想象。

互联网打破了时空束缚，让每个人的起点变得越来越接近，达到相对公平。

你足够敢拼，才有机会赢。

社会像虚拟人生的游戏，刚开始你从新手村入门，只要稍微努力，可以在自己游戏的那个区排第一，但其他区的玩家不知道你是谁，进阶的"高手村"的玩家也不认识你。过去，优秀的人能影响到的人有局限，获得的报酬也有限，需要所处的某个组织养活自己。现代社会好比把整个游戏大区融合，你可以和成千上万人去比，能力足够强，就可以拿到一万个人的钱。

这转变是机遇，也提出了更高的挑战和要求。之前习惯了在小集体中混日子的人会越来越难熬，到了大集体中还得拿到前几名的人才有可能真正让能力变现。一个想在互联网时代通过知识挣大钱的人，先要在所属的组织里，通过各种手段，打造更优秀的自己。

进入一个组织，当你觉得周围 90% 的人都比自己强，在各个方面都需要学习时，你处于新手入门阶段。工作了一段时间，你发现，周围的人一半依然比你强，另一半人无论知识储备还是执行力、适应能力已经远远地落在你后面，说明你逐渐适应了环境并开始进步。当确定 90% 的人已经无法与自己匹敌，无法在组织里学到新东西时，要勇敢跳出舒适区，才能得到互联网时代的福利。

价值正在回归到人，包括罗振宇在内的自媒体人，通过最先进的工具、最有趣的玩法来挣钱。

罗振宇第一次意识到这一点时，还在 CCTV 工作。"我在《对话》栏目当制片人，当时就觉得不对劲了，我们栏目有一个很著名的主持人，我跟他私交也很好，但是一起工作时间越长，就越觉得这事不对，我是他领导，挣得没他多，凭什么呢？"罗振宇分析说，凭的东西非常简单，价值正在回归到人。知识有价，可以变现。

"贫富谁决定？ A. 社会资源分配不均。B. 靠双手。C. 命中注定。"《穷富翁大作战系列》让参加节目的富人在 5 天的时间里，体验"穷"字怎么写。上市公司行政总裁、年轻专业人士、模特们住进贫民窟的板房，有的露宿街头，体验一无所有的境地下如何奋斗谋生。没到一天时间，那些成功人士纷纷感慨：自己累得整个人都不好了，要晕倒，也不会去想长远的计划，只想着今天能吃什么，今晚住在哪里。看着路边摊的肠粉、叉烧饭那些最平民化的食物，依然感慨一个套餐是自己一天的全部可支配收入，不敢吃饱。大多数"穷人"每天经历的就是这样的生活，"中产"的城市打工族面临的状况似乎好一些，在吃饱穿暖之余，依然笼罩在巨大的不安全感之下。即使没有社会背景，只依靠自己奋斗，当下依然提供了变现的巨大可能性，是否成功取决于你自己。

微信公众号刚刚兴起时，极少数人意识到了其中蕴含着巨大的变现潜能。

没做公众号前，六神磊磊是一名记者，两年过去，他的公众号"六神磊磊读金庸"逆袭成大 V，垂直、细分、定位精准。粉丝达到几十万人，基本上每篇文章阅读量都在 10 万 +，有的文章高达百万次，据说一条公众号的广告收入就有 10 余万。

无论是罗振宇、新兴网红 papi 酱、《星际争霸》的电竞解说黄旭东，这些有趣的人吸引关注的一个核心是不贪多，不要想一下子把所有人都发展成自己的粉丝。

Attract those who believe what you believe. 要吸引的，就是相信你所相信的东西的人。我相信一个人可以通过努力改变，我相信早起有意义，我就去吸引那些同样相信这些的人。你要控制自己，不要试图去改变那些对此存疑的人。

我从来不会对那些习惯了晚睡晚起的艺人朋友说："你要早起背

单词、跑步啊。"几乎所有的失败者都死于贪，要太多东西。如果你是职场上的普通人、读书的学生，找到自己的人格和魅力的第一步是自问：我到底信奉什么理念？我到底要把什么东西做到精进，让别人从我这里获得他想要获得的东西？

我的朋友谷大白话，在网上专门做外文脱口秀翻译，他没想过去翻译韩剧争取宋仲基的粉丝。我的一个学生开了二次元动漫的微信公众号，也吸引到了大量同样喜欢这类漫画的人。

任何一个细分市场都是巨大的，抓住它们，才会展现真正的互联网的魅力。

2010 年，我在新东方酷学酷玩项目组做教研组长时，曾面试过一位同事 L。他毕业于名牌大学，非常优秀，讲课逻辑清晰，面试时就给我留下了很好的印象。

起初，他只是安心做授课老师，每天平均 10 小时的课程结束后，疲惫得回到家只想睡觉。即使这样，他依然能抽出休息时间把培训内容做好笔记发给其他老师学习。有一天，他跑来对我说自己有了危机意识："很多老师满足于年轻时讲课的高收入，在同龄人挣几千块的时候自己挣数万元，不思进取，三四十岁后除了讲课什么都不会，到了那个年纪为了每课时是否增加几十块钱报酬斤斤计较。"他不想未来的自己变成那样，主动申请了我负责的酷学酷玩管理工作，成为夏令营项目的负责人。这工作需要关注学生的方方面面，不仅仅是教课，从前期的招生、宣传，后期的客户维护，具体到学生在夏令营是否受凉生病都要考虑，变成了 24 小时关注工作。

有时候，仅仅因为发现孩子在营地打饭时，由于阿姨疏忽，那一勺菜给得少了一点，家长就去投诉，长时间刁难。他被骂得几乎要落泪，忍着委屈依然安抚了家长两小时，直到他们满意离去。

在各个环节锻炼了能力之后，他在组织里活得很好，升职加薪。

2014 年，他自费去了长江商学院，系统学习之余拓展了高端有效的人脉，之后创业，拿到了天使投资。一路走来，工作内容差别很大，也吃了不少苦，但主动培养出的管理运作的能力让他成了 U 盘，不需要依附于组织就能让自己的能力变现。

这是最好的时代，也是最坏的时代。

说它最好，因为知识和匠人精神总算可以受到前所未有的重视，也可以变现。说它最坏，因为过去几十年一成不变的"大锅饭"和组织的安全网逐渐瓦解，任何一个人在任何时刻都有可能被社会淘汰。即使你不急于将知识变现，只想安逸地在体制内安稳工作或者在企业中的固定角色上待着，也需要提升自己。

如果之前在企业中的你，只是一条锁链上的一环、流水线上的一站，现在你想真的获得变现能力，就要知道从流水线的第一站到最后一站的全部流程，并时刻思考哪个环节能给自己带来怎样的进步与收获。

独自面对挑战时，主动成长时，会有阵痛，但无论成败，都是新篇章。

你要做的不再只是一枚螺丝钉，而是一台小而美甚至大而全的机器。

打造属于自己的
知识树

每年我在全国各地高校进行的讲座不少于 100 场。演讲后的互动环节经常被问到一个问题:"艾力老师,我现在学的专业不是自己真正想学的,我的学校不像您的母校北大那么优秀,没那么多优秀的师资,我到底怎样才能学到本领呢?"这是客气的版本,有时候学生们的语气更为直接:"你每次说你学这个学那个,站着说话不腰疼,我们这些非 211、985 名校的人,哪儿来那么好的学习条件?"遇到这种问题,通常情况下我会反问:"同学,你们这里能不能上网?只要能,那你获得的学习资源和大家都一样。"

很多年前,确实存在信息不畅的问题。学生大多依赖于老师的面授,甚至一些重要的学习资料都不容易买到。但如今在新媒体时代,资源不再是不学习的借口,所有需要的学习内容都可以通过零散的碎片化时间去掌握。你和大师之间差的其实是动力。

你个人这个 U 盘也是一个小型的硬盘,有自己的内存和对文件的梳理方式。如果打开后,文件夹一目了然,用起来自然高效。现实生活中,打开有些 U 盘,第一眼看到的是杂乱无章的文件,甚至还有病毒。

英语教学方面,别人经常上来就问我:英语应该怎么学?怎么教?大而无当的问题通常没有具体答案。我在大脑 U 盘和真实的 U 盘管理中,会分得很详细。从基本的发音、词汇、语法以及整体的思维逻辑开始归档,小到发音的具体环节,元音、辅音等,每一个细节的具体问题都可以想到。问我语法问题,我会具体到词法还是句法，词法包括名词、动词、代词、冠词等 10 种，细分到名词又分为 18 条使用规则。在针对很多公立学校的老师的讲座中，我发现即使从事教育行业七八年的老师，也有相当数量的人不清楚英语中有多少个元音和辅音这些最基本的问题。

梳理好这样一套知识系统后，我就在这个领域有了权威。无论是几个课时提纲挈领的培训，还是几十个课时的长期培训，我都能根据知识框架设计授课内容。

那么你在某个专业领域能否达到这个程度？

一个合格的健身教练并不是头脑简单、四肢发达，只会说加油使劲练的人。我曾经的健身教练清楚人体所有肌肉的名称，并能指导我进行针对性练习。专业知识如此强大，看到他身上的肌肉都觉得写满了公式。

这样的人不会不成事。

想有不可替代的竞争力，就要明确细分领域中的细节，让知识系统形成闭环，知道来龙去脉，否则你只能是大项目中的螺丝钉，盯着的、思考的就是眼前那么一点点事，无法从全局考虑问题，自然也分不清主次缓急。

如何打造全方位的知识体系？

我用的是分类法，庖丁解牛。讲英语时先分发音、单词和语法三个部分，每个部分再分细节。每当看到一个新的例子，我就把它放到相应的文件夹里。内行看门道，看到也明白了知识之间的关系。

之前没拍视频广告时，我关注的只是自己的状态好不好，面部表情是否合适。进入这行时间久了，多看多问，开始考虑这个镜头是长焦还是短焦，打光打到哪里，机位又在哪里……把每天学到的每一个细节的知识放到自己的专业知识库里。

我有个文件夹里放的全是教学的东西，其他文件夹放学习的其他内容——吉他、辩论等。读到一篇文章讲到中美婚礼的差别，放到语言学习的文化下的中美文化文件夹里，再去讲类似内容时就提取这段。《神探夏洛克》里，夏洛克自己在脑海里储存记忆的方式是通过分类和图像法记忆，随时需要随时提取。第三季中的大反派更是把记忆法发挥到极致，构建了记忆宫殿，在大脑中通过给不同事物建立符号和联系，随时提供重要信息。这样的记忆宫殿从某种程度上来说就是把分类系统做到了极致。

初学分类时，可以买一部本领域最受推崇的入门级的教科书，作者通常已经做好了分类。想读经济学就拿一本曼昆的《经济学原理》。权威经典的教材让你轻松入门，而不断更新知识则要靠使用，使用是检验知识是否被掌握的唯一标准。

经常有人问我，如果只就收入而言，面对面授课收益并不高，为什么还坚持平均每周上课 40 小时？

除了对学校对学生负责，还有一个重要原因是走在教学最前线才能了解本行业的发展。

马云不会写代码，也做了阿里巴巴，他最大的本事是挖掘客户需求，一直在挖掘，没有封闭自己，通过峰会和座谈的形式，走出去不断和消费者、中小企业交流。俞敏洪也感慨开会太多，讲课时间太少，如今也通过网络、微信等教学手段回到讲堂。

时间能改变一切，很多曾经以为颠扑不破的认知会逐渐改变，很多过去坚持的方法会被证明行之无效。很多老师故步自封，初入职场，意气风发，讲了两年课程水平没增长，那些段子笑话行之有效，但问题是，总是重复自己，考试题目和学生需求在进步，不自我提升自然就被淘汰了。

曾经的我为了追求高效，顽固到不想用微博和微信。我觉得微博不就是省掉了一些功能的校内吗？而且为什么要把想表达的思想限制在 140 个字内？我更害怕刷微博分心。

一年后，我发布了第一条微博："由于害怕微博会影响我的思路，一直没有开，但现在觉得如果自己都控制不住自己，也就不必担心微博影响，因为其他事也会影响的。"

做微信公众号也比大部分人晚了大概 4 个月，早进入的人赶上了红利期，发少量内容就很容易做到拥有几万几十万粉丝，我的观望和延误错过了粉丝红利最好的时机。

恺撒说，每个人看到的只是自己想看到的世界。没有一个人能看到世界的整体。恺撒有强大的情报系统，关注最关键的信息，不因为之前的功绩拒绝新知识的摄入，他的对手高卢人、庞培则刚愎自用，沿用旧的认知。

If the success you had yesterday still feels big for you, it means you did not do anything today. 昨天的成功对今天的你来说如果还是大事，说明你今天什么大事都没做。

在海量信息中，要不断尝试，找到自己做什么事最享受，就能轻松做到超过 80% 的人。

确定了核心技能，你关注的领域缩小了 80%，即使这样细分，某个领域的内容也特别多。现在涉及公众演讲的账号也特别多，仅 TED 演讲每年也有上万个。如何挑选，做到碎片化学习呢？

要有收口，收住碎片化时间学到的东西。

可以在上厕所、路上碎片化学习。晚上要记下来学到了什么。人的记忆力不靠谱，你能靠脑子记住的事物寥寥无几。我的笔记本就是 34 金币时间管理法。用 Excel 记录下学习到的核心内容。并且，一定要做反思。同样的事，自己哪一点没做到最好。

通过反思和对比，防止空洞和空谈，把听到的内容变为实际行动的内容。

下一步，实践。

不管对错，一定要自己实践一次再做判断。我曾经有一阵每次演讲讲的内容是一样的，讲到快吐了。但我不敢轻易尝试新的演讲内容，总觉得过去的东西虽然有重复，但它是经过检验有效果的东西，无论多少人的舞台，只要我开始讲，20 秒就会有热烈的掌声，换一个新的东西万一砸了怎么办？这个时候，就像罗振宇说的"不要倔"，不能倔强地认为自己过去的东西都是对的。

如果现在的你，和一年前的你一样，意味着你没成长。即使你讲得依然优秀，让观众着迷，那依然是吃老本的行为。

今年的演讲中，我每次都逼自己去讲新内容、新方法。五个新方法里可能有两个管用，三个失败了。五个故事可能有一个有共鸣，四个都没效果。但我有了改变，这也是不断优化自己 U 盘的必经之路。

　　一个人最难做的是否定自己，尤其是自己过去成功的经验。如果不否定，总重复过去的套路，就没有了学习进步的空间。

◎有没有可能给自己一个机会,让人生没有借口,
付出全部努力去做一件事?

最差不过
回到原点

这个世界有偶然的运气，也有必然的运气。人应该追求必然的运气，通过努力踏踏
实实地达到某个状态某个境界，用你的身价去换取你所需要的东西。

2016 年 4 月，我跟随俞敏洪老师参加了"洪哥梦游记——24 小时户外移动互动直播"活动，以"梦想之旅"演讲为主线，通过 10 天的直播，展示他对沿途的人文风俗、非遗文化、环境保护、乡村教育、留守儿童、大学生回乡创业等事宜的关注。

4 月 20 日，直播最后一天，烈日下 20 公里的徒步后，我们赶到雅安芦山县清仁乡新东方小学落成典礼的现场。在这所新东方出资 200 万元建起的现代化校园里，孩子们跳起了《小苹果》。

这一刻，距离那场地震浩劫已经过去 3 年了。这所新东方小学是芦山教育重建的缩影。

俞敏洪抱起了一个父母都在外打工的留守儿童，感受到久违的关爱，孩子瞬间大哭起来。

揭幕仪式后，听着嘉宾王继阳带来的《大山里的孩子》，俞敏洪转过身，背对摄像机落了泪，他匆匆擦干泪水，不想让镜头捕捉到。

弹幕上，有网友评论说："俞老师想起了自己。"

跟随俞老师工作那么久，第一次见他落泪。

我无从猜测，他想起的是那个参加了 3 年高考才走出农村的孩子；是被美国大使馆多次拒签，内心大喊"美国人民需要我"的大学老师；还是那个新东方初创时贴海报被追打，为了办学陪人喝酒，喝到住院差点挂掉的创业者；抑或是曾被挚友合伙人罢免的企业家。

12 年的梦想之旅，行程 16 万公里，相当于绕地球赤道四周的距离；255 座城市，占全国的近 1/3。俞敏洪亲自去的大多是二三线的城市和乡镇。我问他，为什么专门挑选了那些很多人没去过的地方？他说："那里的孩子更需要开阔视野，知道外面的世界是什么模样。我们的讲座里哪怕有一句话启发了他们，对于他们未来去更大的地方学习、发展、建设家乡，也会有帮助。"

　　"从绝望中寻找希望，人生终将辉煌"是俞敏洪一直坚持与传递的精神力量。他始终相信，任何一个人想要改变自己的人生，想要改变自己的命运，最好的力量就是去奋斗。他也曾抱怨过自己的父母什么都不能给予，曾经抱怨过自己的出身，生活中所有的黑暗在青少年时期都集中在自己一个人的身上。这个过程中，他始终没有放弃一种力量：只要努力奋斗，拿出足够的时间，就能改变命运，能让自己的生活变得更好。

　　28 年前，他在北大拿 100 多块钱的工资；18 年前，他在新东方勉强养活自己；今天的俞敏洪，已经是中国在美国比较好的上市公司的老总之一。这成功，是通过自己的努力得来，心安理得，并且不容易被剥夺。

　　很多人通过《中国合伙人》这部电影才开始了解俞敏洪的故事。在各种励志鸡汤文中，他常常以青年时代失败者逆袭的面目出现，被叫作"农民""土鳖"。

　　创办新东方伊始，俞敏洪一个人上课，后来请家人帮忙，妈妈当保洁当教务，再后来他请北大时的挚友徐小平、王强一起加入。

新东方发展壮大，合伙人开始觊觎一把手的位置。当年在北大读书时，俞敏洪给大家端茶倒水，听他们高谈阔论，在新东方大家却要听他的话。有人商量说："俞敏洪，你别在这个位置上了，你的乡土水平无法帮公司发展得更好，我们来选拔第一领导人。"

换位思考，如果我自己当初把握时代商机创建了公司，主动请在国外工作状况不佳的朋友来一起挣大钱，他们却说让我退下来，我不知道自己能否心平气和地退出。

俞敏洪真的让出了一把手的位置，没有抱怨，没有鱼死网破的决绝。2002年到2004年，在王强和徐小平等小股东的要求下，俞敏洪不再参加董事会和总裁会。

他每天骑着自行车夹着包给学生讲课，一如当年那个拿着糨糊到处贴小广告的自己。王强等人开始轮流当董事长。

颇有意味的是，其他几个领导，遇到类似的争执往往相持不下，各种诟病。轮流担任了一遍话事人后，发现这个活不是人干的，就请回了俞敏洪。这有点像乔布斯，他建立了苹果，30岁被自己的公司开除，外请的CEO和董事会觉得他没能力管好公司。乔布斯离开后，消除了所谓的管理的束缚，发现自己还是坚信所做的事情，科技可以改变人类的生活方式。他建立了Next公司，依托其强大的技术成为了苹果二次辉煌的核心。他也因为相信技术的力量创立了皮克斯公司，制作出第一部3D动画《玩具总动员》。而彼时的苹果公司深陷泥潭，他们请回了乔布斯，后来的故事大家都知道了。

无论是教育还是科技，都能改变世界。当你有那份"相信力"，无论外界怎么改变，都不会迷失方向。

这段传奇经历在坊间有各种版本，若干年后仍被不断提起。一次出差，我问俞敏洪老师，是什么信念支撑你做出这么大度的决定？他回答得很直接，觉得自己当时确实不能很好地管理一个大规模企业，应该让更适合的人来做，再说自己也没真的离开公司，还在讲课，很享受讲课的过程。他也相信通过自己的授课可以让更多学生过上更好的生活。

这教会我面对困境的新思路，我用这个方法让自己坚持：大不了我就以讲课为生，或者去卖串也可以生活。

这也是新东方每年春、秋两季举办的"梦想之旅""相信未来"系列讲座俞老师坚持跟我们同去的原因。这种每天辗转一两个城镇、做三四场讲座的高强度演讲活动，很多新生代老师都未必肯去。二三线城市还好，很多乡村甚至没有干净的厕所，下了飞机、火车再颠簸几小时才能到达学校。

他觉得大山里的孩子需要知识，哪怕一次讲座，都有可能让他们从山村走出来。

他相信的东西始终没改变。

我的信仰和俞老师的相似——愿我所见之人、所历之事，都因为我而变得更美好。这大概就是他一直强调的让教育回归本质的概念。他在两会为农村的教育争取改善，这简直是革新东方人自己的命了，可他依然坚持。俞敏洪直言："在哪方面投入都有可能是浪费的，但教育方面的投入永远不会浪费。"他认为目前解决流动人口的教育问题最为迫切，在这方面，建议高考进行全国统考，这样全国考生才能不受户籍限制。

俞敏洪遭遇的另一次重大危机，跟公司上市有关。对于新东方的上市，《中国合伙人》中有一种说法是，剧中人物原型认为：只有在纽交所上市敲钟了才能赢得世界的尊重。"你撞一百次钟也不会赢得世界的尊重，只有真正做了合理合法并且是有意义的生意，世界才会尊重你。"

赴美上市6年，新东方顺风顺水，做出了出色的业绩。直到2012年，新东方遭遇浑水事件，被恶意做空。当时很多中国公司出现财务问题，有些没办法退市，很多国外空头机构看上了这个特点，希望通过做空来牟利。在重压之下，入职不久的我也感受得到管理层的忧心忡忡。

俞敏洪看起来却没什么苦恼。这是坚忍之人的特点，他们眼角的泪水你看不到，或者笑着擦去眼泪，永远让人看到积极的一面。

这并非压抑天性，只是他深知要担当的太多，这份坚毅源于肩上扛的责任。

俞敏洪没有输，新东方熬过了危机，几万员工的饭碗保住了。

"实在不行，在美国退市，那也死不了。"这是他能坚持的第二个原因。当你克服最困难的情况时，想最糟糕又能怎样。打心自问，最差的结果是什么？我能否接受？如果最难的状况都可以接受，那就放手一搏。

俞敏洪也相信正直的力量。正直善良让他赢得了尊重，也失去了很多。

2015 年 9 月底，他来新疆开会，带着儿子来我家做客。我们的习俗是做很多饭菜招待贵客，客人吃得越多，主人越开心。妈妈端了很多饭出来，其他人吃了几碗吃不下去了，俞老师为了表示尊重，为了让我妈妈开心，一边和大家聊天，一边把饭都吃光了。

晚饭后，俞老师坐在炕上跟我聊了半小时，谈起了对我的规划和建议。他希望将来新东方能平衡好优秀的特种兵式的老师和步兵式的老师的关系。他也给我写了推荐信，希望我有机会去世界顶级名校学习。

当时，俞老师说了一句话："艾力我相信你，你很优秀，也许不是最优秀，最关键的是你很正。"他最重视的是一个人的人品。口才、气场都可以通过训练习得，要是心术不正，最后会让所有人都失望。一个聪明人的心术若不正，则会带来更大的危害。

我想，这也许和他受过的骗有关。新东方建立不久，有的高管带着学生的报名费跑路，留下愤怒的家长学生和一堆烂摊子。直到现在新东方都有一条规则，要有足够的现金，假设明天所有分校的学生都同时要求退款也有能力支付。

俞敏洪开玩笑说自己的老家江阴是徐霞客的故乡，老有"下课"的感觉。

新东方的员工，辞职去创业的，只要不恶性竞争，他也支持。

目前教育培训业的半壁江山都和俞敏洪相关，新东方就像教育领域的"黄埔军校"。

那个同样出名的新东方厨师学校，他一直想买过来，还专门跟那个"新东方"的校长聊过。校长说，你看我们也不容易，我们的学员学做厨师能有谋生的手艺，也帮助国家解决了这么多就业问题。俞敏洪想到那些学生，放弃了收购。

这个世界有偶然的运气，也有必然的运气。人应该追求必然的运气，通过努力踏踏实实地达到某个状态某个境界，用你的身价去换取你所需要的东西。

俞敏洪的成功，证明了人生是自己的选择，无论起点如何，要对得起自己的能力和内心的事。当你相信奋斗能让你改变自己，生命就会越来越灿烂。

最差不过回到原点，善意可以改变世界。

◎我们不站在世界之外，也不总是站在同一条街边，而是站在路中央观望着这个时代并时刻准备着投入其中的人。

Two

职场跨界
迈出角色转换的第一步

工作 10 年，
你为什么还不升职

那些投机取巧的行为，也许一时对个人有利，长远看，却是最不高明的选择。我们不可能只活在今天，往后的每一天，他人对你的职场评价都源于今天、昨天、前天的个人连续性表现。

贪图一时走得快，丧失的是走得更远的机会。

你身边有没有这样的人：有 5 到 10 年的行业经验，办事还算顺畅，可就是不怎么升职，很少加薪，没有被委以重任。跟他一同进公司的人收入普遍增加了 1 到 3 倍，有的成为合伙人，有的成了副总，而他还是在基层或者做普通管理者。

　　问题出在哪里？老板们都是瞎的？

　　进入职场熟悉期后，人也进入了舒适区，大多数人不想主动学习新东西，永远认为自己是对的，认为别人的成功不是偶然就是靠关系和潜规则。

　　我去过很多贫困地区支教，想把最新的教育理念和学习方法带给当地的老师和学生。这样的公益活动老师们很欢迎，讲座结束他们围住我问各种细节和问题，我也会倾囊相告。

　　一次去某县的中学，有位年长的老师走过来说："你这套理论看上去挺新鲜的，但实际教学中，恐怕对学生不管用吧。"然后他说了几个理由。

　　我赶紧解释说，这些方法在教学中已经被证明普遍适用，不但国际上流行，国内的很多地方也已经开展使用。如果强调当地的实际情况，我也可以帮老师们进行针对性的修改。他还是说了各种拒绝的理由，摇了摇头走了。

　　午饭时，聊起这位老师，学校的教研组长劝我不要太介意他的态度。早年间作为唯一的正规本科生来到这所学校，刚开始几年他的教学确实厉害，只是在新时代故步自封，教学效果不好，学生成绩也没有进步，一直没评上更高的职称。

教师这个行业很容易得到成就感，他就是被夸赞惯了，之后一直用自己的那套老方法，不去革新，也不想承认其他人的新方法，逐渐和世界脱了节。

职场上，还有一类"莽撞人"，他们心不坏，有的还古道热肠，虽然个人能力一般，但工作和生活中肯下力气，然而得不到什么好结果。把工作交给他们，留给领导的是担惊受怕。

一次去外地开讲座，我的航班很晚才到，当地的一位与我有几面之缘的同事 J 再三表示要来接我，不想耽误他休息，我决定打车去酒店。刚下飞机，他的微信跳出来——已到机场等我多时，这好意不接受也不行了。

在深夜的机场高速公路上，他兴致勃勃，一边聊天一边双手撒把，说到高兴处，还把脸转过来，看着我聊，不看路。我提醒他注意安全，他笑着说："没事，我经常这么开车，哪儿出过事。"我只好不怎么接话，一路上心情忐忑。

聊到机场打车，他又来了劲头，说起一次一个女同事深夜出差回来，独自坐上出租车，司机绕路不说，态度还不好。女同事悄悄给他发了个微信，不方便语音留言，简单打字说明了情况，留下了出租车号以防万一，并叮嘱他，在自己的安抚下，司机已经情绪稳定，不必采取行动，会每隔几分钟跟他联系一下。即使投诉司机，也要等到平安到家后，以免出现意外。

他正好知道那家出租车公司的电话，还认识一位领导。一个电话打过去，公司又立刻打给了司机，说车上的乘客投诉他，要他给出解释。司机温顺地回复电话后，立刻向女同事变了脸，质问她为什么这样做，她说尽好话才被放下车。

说起这件事，J觉得自己英勇无比。我在想，这股不听劝的莽撞劲如果每天用在工作里，将带来多大破坏力而不自知。

以上两类人，总体来说只要因势利导，严格管控，他们还能为组织做出一定贡献。可怕的是资质较好而破坏力巨大的员工，这类人往往"情商"较高，具有隐蔽性，给他们的位置越高，对公司和组织来说隐患越大。

他们的共同特点是：想方设法偷懒，拿了钱不干活，拖累团队进度；撒谎成性，为了一点点私利，营私舞弊，影响团队利益；滑头，只会说好听的话，做表面功夫，实际执行力不到位。

认识老朱很多年，没有深交。只知道他人行10年，工作麻利，也有一定能力，懂得眉眼高低，让合作者感到舒服。行业内的聚会也是跑前跑后张罗，只是那股勤里透着几分圆滑功利，倒也在可以接受的范围内。

10年了，他依然是公司的中层，手里并无实权，工资也不见涨。偶尔和朋友们一起吃饭，他也流露出怀才不遇的感慨，却也并没打算离开公司，觉得老板对自己还算热情。大家纷纷安慰老朱，说老板瞎了眼不识货。

当一位创业公司的好友急需印制一批产品时，我想到了老朱。

　　这点活对他来说是举手之劳，也能让他挣点钱。我再三交代老朱："朋友虽创业之初但潜力巨大，这批货一个是要保证时间和质量，一个是别让利润高出市场价。建立信任后，朋友每年仅这一项工作给你带来的额外收入，就顶得上你一年的工资，他还会介绍更多机会给你。"老朱满口答应。

　　两天后，老朱向我抱怨朋友询价后没合作，浪费了他一天的时间。我有些诧异，如果按照老朱跟我说的报价以及他的交货时间，朋友是个厚道人，似乎没理由选择放弃，他也在赶时间。

　　又过了几个月，遇到朋友，问起他和老朱的合作，他只是笑了笑。

　　很久以后我才知道，老朱跟朋友和我报价时确实说了一个比市场价便宜5%的数字，还打包票说材质可以做得和原来一模一样，质量绝对不下降。等朋友带着助手跑去工厂下单交钱时，老朱才提出新条件说："你这产品需要的某种材料我们这儿突然没货了，要是你能等，我们就去进货。要是不能等，就换另一种便宜材料，但价格不能变。"朋友表示就是加钱也要保证质量。这答案显然在老朱的意料之中，他拿出了新的报价，比原来足足多出30%。朋友骑虎难下，最终选择了放弃。怕我自责，就没告诉我实情。

　　再往后，不断听到和老朱合作过的人说，每笔业务他总要雁过拔毛两头吃回扣，有时不惜牺牲公司利益。老板早就知道这些，念在老朱人脉广，能做事，工资又要得不高，也就一直留着他，只不过涉及财务的大权不会放手给他，自然也不会给他升职。

　　老朱就这么不咸不淡过了10年，也许还将这样度过下一个10年。

生活中，这样的人并不少见，他们不认为自己的行为有偏差，而是理直气壮地认为：社会上的人都是这么做的，又不是只有我一个人这样。

热门剧《欢乐颂》作者阿耐在小说《不得往生》里写过一个鸡贼的老师傅。黄师傅掌握了一门车床手艺，但他也深知随着时代发展，在工业化普及之后，自己将被淘汰，他的选择不是跟上新时代，而是利用自己的经验拉帮结伙，让老板知道离了自己车间不转，在很长一段时间里，老板只能选择对他百依百顺。而当老板的儿子留学归来大刀阔斧革新，将旧工厂卖掉时，黄师傅真正意识到了危机的到来。为表忠心，他向新老板表示，自己可以学新知识用新设备，放低心态，只求继续留在厂里。

厚道的新老板"十动然拒"——黄师傅过去抱残守缺的心态以及为一己私利不惜影响团队的种种做法，让他无法继续对其委以重任。

对于新变化，有人热情拥抱，有人止步不前，最不可取的一种做法是，在不更新自己的同时还利用各种职场潜规则来保证自己的地位，丝毫不考虑整个团队的发展和管理者的需求。

曾经有个姑娘主动找我的一位朋友谈合作，她的工作经验有些年头，手上也做过一两个还算出彩的项目，但职位不高。刚开始她给出了很优惠的条件。时间紧迫，朋友表示，谈判的基础是保障某些条件，哪些条款不能让步，也写在了合同里，对方全盘接受。等准备签字时，朋友发现此前保证的条件被换了，去问，对方不承认自己原来的话，先是吐苦水说自己也不容易，又玩文字游戏，企图利用朋友对法律认识不清以及专业知识的缺乏，蒙混过关。最后又用时间来"提醒"朋友，暗示即使没有那些条件，他似乎短时间内也找不到更好的选择，即使别家同意了，时间成本也耽误进去了。

这道选择题该怎么做？

朋友选择了壮士断腕，接受那些沉没成本，另选合作方。

他说，如果凑合着合作，过程中难免再出现什么状况。一个从开始就试图欺骗你的没诚信的人，被戳穿后还理直气壮的，在做出补救和悔过之前，不要再给机会。以这样的方式可能会骗到一些疏于防范、职场经验不足的人，但受害者不会选择续约，也不会保持沉默，长久看影响了整个公司的声誉，也堵死了自己的路，自然不会升到很高的职位。

那些投机取巧的行为，也许一时对个人有利，长远看，却是最不高明的选择。我们不可能只活在今天，往后的每一天，他人对你的职场评价都源于今天、昨天、前天的个人连续性表现。

贪图一时走得快，丧失的是走得更远的机会。

◎独自面对挑战时，主动成长时，会有阵痛，但无论成败，都是新篇章。

事事亲力亲为
是种病

"成大事者不纠结"，当你要变得更强，将多线工作分配出去，必须有很强大的抗损能力。人性复杂，用人过程中，必然会出现欺骗，如果一次被骗就放弃努力和尝试，最后只会单兵作战累死自己。

2016 年 7 月，我实现了年初定的大目标中的一个——去法国旅行，边工作边看欧洲杯。

　　到了法国，不能不去的是凡尔赛宫。宫殿后面的凡尔赛花园美到不真实。

　　我问到那位会享受又把法国推上世界之巅的国王路易十四，导游介绍说，他极其注重礼仪，起床和睡觉也有仪式。

　　路易十四身边围绕着大量匠人，几乎每个生活细节都有几百个匠人劳心劳力，也就是今天说的专家服务。国家的内政外交咨询大臣，鞋子、袜子、头发、饮食也都有各自的专人负责。

　　说到这里，导游补充了一句："路易十四当时过的奢华的生活是普通人不敢想象的，过去我们只能从影视剧中看到，随着社会发展，现在咱们普通人能享受到的服务，比那时候的国王还要多。"

　　的确，经济发达的今天，想吃大餐可以从 App 上约顶级厨师来自己家做饭；不想出门吃饭可以订各种口味和品质的外卖；想看新闻打开手机下载各种 App 客户端；出行有滴滴打车；全球旅行都可以用 Airbnb（空中食宿）。

　　我们早已经活在了高度分工的社会，人们维持着彼此沟通和交易的关系，使生活更为高效。

　　接受新理念需要过程，依然有人不习惯路易十四让专人做专事的做法，想一个人处理所有的细节，结果却是疲惫不堪。

进公司不久，我便升职为教研负责人，这是我的第一份工作，自然用百分之二百的认真全力以赴。白天，我整理项目组各位老师的数据统计，对他们的教学结果进行分析，之后再做一对一对谈。要对老师们的教学技巧进行辅导，分阶段进行新教师的面试，晚上回到家我再备课，精进自己的教学能力。所有事我坚持亲力亲为，别人做的我不放心，觉得万一做差了耽误了整体进度怎么办？

3个月下来，好消息是经过我亲自把控的招聘大获成功，招到了相当多顶级名校毕业且授课水平高的老师，坏消息是我累到挂着吊瓶还要去进行面试，不想因为自己的身体耽误招聘新鲜血液进入公司。来面试的老师吓呆了，估计当时他们心想：新东方有这么凶残？

为什么把所有问题都自己扛？有没有更好的解决方案？带着很多疑问，我请一位业内前辈吃饭，向他取经。

他在没有身居高位前就开始给自己找助理，先从大学里选拔做兼职的学生，或者找网上提供的助理服务，把一些整理表格、不需要有创造性和经验的工作，或者自己的技术手段达不到的工作外包。

当年听他说起这些事，我不以为然：太过分了，怎么能这么不负责？！等自己忙到断片儿，意识到再不分配工作就要累死时，才体会到他的做法的高明之处。

很多管理者是从这里起步的。

第一步，辨别哪些事必须亲自做，哪些可以交付他人。

先做一个简单分析，如果用一小时来做你擅长的事，能产出多少价值？是否会给你的未来带来持续的价值增长？假如你工作一小时所得为 100 元，而请一个家政人员帮你打扫的花费为 80 元，那就值得外包。

分配给他人的工作大致有两类：一是完全不需要动脑的机械性、重复性的工作，比如简单的文字收集、排版，数据的整理，这部分可以找大学生兼职。二是高技术要求的工作，比如精美的 PPT、视频剪辑，这一类需要找擅长这项技能的人去做。

有一阵，我的几个不同题目的演讲需要与之相配的 PPT，而我做的 PPT 不美观，而且因为操作不熟练特别费时费力。如果花一周时间去学，未必不能学会，但这段时间不如用来提升我的核心竞争力——把演讲内容和技巧做好。我将这项工作交给一个助理做，他的构图赏心悦目，我也能把有限的准备时间全部用在内容的创新上，那几次演讲获得的整体评价也远远高于以前。

在选人去做这类工作之前，你已经通过背景调查、基本业务能力考核等方式筛选过一轮了，而且这类工作难度不高，即使做砸了，也不会对整体事业有太大影响，只需要控制好交活的时间节点，打出提前量，留出万一做砸了再修改再弥补的时间即可。

第二步，如何找到合适的人分担工作。

当我把这个经验介绍给同事和朋友时，他们的第一反应是：这个理念是很好，只是我上哪里可以找到立刻能用还能信任的人？如果他不负责，做砸了，收拾烂摊子岂不是要花费更多的精力？而且，我还不能控制他的破坏力。

世界上没有完美无缺的人，也没办法一下子就找到最适合的那个人。活好话少还不坑钱的人，只能在实践中通过磨合和对比，从中选出那个出类拔萃的合作伙伴。

经过简单工作的外包，你会有两个收益：一是慢慢适应授权给他人工作的状态，而不是始终处于焦虑和不安中。二是授权这些大学生和职场新人，不需要太多报酬，你可以承担这个试错成本，从中能慢慢学习到如何挑选靠谱的人。

选人的过程和大公司招聘的过程很相似。先看简历，了解其基本的受教育程度，再看过去的工作成绩以判断他的专业能力是否能胜任这项工作，最后咨询 3 到 5 个和他有过亲密工作接触的人，就是职场上的"背景调查"。当然也有可能因为个人恩怨，或者其工作太出色遭人妒忌而得到差评，只要总体好评多过差评即可。

第三步，善于选人，坚定不移地用人。

用人最核心的一点是：用人不疑，疑人不用。

当你决定授权给某人，不要想太多，让他放手去做，一起承担最后的结果。如果过程中不断怀疑、质疑一个人，他的工作动力会减弱，甚至为了报复会做出对雇主不利的行为。

我有位朋友，创办了一家做生物技术的创业公司，他对最初的一位合伙人产生了种种误会和不信任。眼看着合伙人为公司付出全部精力，当别人来挑拨离间时，他还是心存疑虑。最终，那个原本要和他同舟共济大干一场的合伙人愤然离去，还带走了整个技术团队，给起步之初的公司带来重创，公司也错过了最好的发展期。

不信任，合作难以长久。

若你心存疑虑，干脆不要开始共事。

"成大事者不纠结"，当你要变得更强，将多线工作分配出去，必须有很强大的抗损能力。人性复杂，用人过程中，必然会出现欺骗，如果一次被骗就放弃努力和尝试，最后只会单兵作战累死自己。

工作两年后，通过合理授权分配工作，有不同的团队为我提供服务和支持，我从一个只会每天教课10小时的英语老师，成为可以同时处理教学、写书、公益、主持等项目的斜杠青年。

一起共事的合作者中，也有人选择离开。当第一个合作的伙伴离开时，我内心非常痛苦。那时我特别信任他，所有的想法都会跟他说，对他有一份毫无保留的相信。后来，不知是理念不同还是性格不合，这位帮我做事的朋友突然告别，也给我的事业带来巨大损失。很长一段时间，我把自己封闭起来，觉得没办法再相信任何人。

我继续把所有事情都自己扛，没多久便举步维艰。我明白，要想成就更大的事业，只能继续前行，选择了相信就要无条件地继续相信。很多人说我傻，但我想，俞敏洪老师自己创立的公司都能做到一度让出主导权去教课，新东方这样大规模的公司他都能做到这种程度的信任和放权，我为什么不能？

凡事多从自己身上找原因，为他人找合理性，每个人的性格都有弹性。我可能会吃一些亏，付出一些代价，但长久交往，大家会明白的，有失必有得。

没有人是一座孤岛，找到陪伴你前行的伙伴。

The Infinite
Possibilities of Life

离开现在的机构，
你还能做什么

当一个人决定在安逸的环境中不断更新自己，远离舒适区，去远方看风景时，他就已经克服了惰性，为未来带来了无限可能性。

在这个充满变化的时代，唯一不变的是变化本身。明知组织不可靠，迟早要主动或被动离开，却少有人行动。

有一次罗振宇到一个大学去讲课，随机做了一个调查。他说："大四啦，咱们班同学谁找着工作了？"一堆人举手。又问："都加入什么样的组织了？"有说考公务员的，有说进入大公司的。其实，在这样一个时代存活，以一个独立的手艺人方式存活，往往比加入组织要好得多。

这也是罗振宇提出的生存困境解决方案——U 盘化生存。总结起来就是 16 个字：自带信息，不装系统，随时插拔，自由协作。U盘化生存是套组合技，你要有最强的撒手锏，还要有配合的辅助价值，如果没有辅助，撒手锏没有功用。

U 盘化生存方式，相比其他方式的优势是随插随走，有一套能自己产生产值的系统就不需要依附于一个组织。组织固然会放大个人能力，没组织的话一个人也能活得很好，这是现代社会中的我们应该掌握的能力。在央视的"主机"上，罗振宇发挥的效能并没有想象中那么高，能力并没完全展现。当他把"U 盘"从央视拔出来插到互联网的无限大的平台时，他成功了。有自己的 U 盘生存系统的人，能把自己从一个主机嫁接到另一个主机。假设罗振宇从央视出来去了别的卫视，依靠其多年来累积的电视节目制作经验，也会把某档节目做得风生水起，但未必有现在的势能，互联网的平台更适合他。

任何一个行业都有可能成为夕阳行业，如果离开现在的行业，无论是因为厌倦看不到前景主动离开，还是被迫下岗，你还能做什么？

其实这个问题不难回答——要看你现在从事行业的核心技能是什么。

也有不少人问过我："艾力，你不就是个教英语的老师吗？如果有一天不当老师了，你还能做什么呢？"当时我毫不犹豫地回答，我能做个主持人，因为两个职业有个共同点——不能怯场，而且要享受和受众说话时的感觉。如果让我和一个人讲话，半小时就厌倦了，但是和一群人在一起，讲个十天半个月都意犹未尽。因此，一旦有可能，我就试着去做一些主持工作，虽然我的普通话并不标准，散发着浓郁的孜然气息。

我喜欢的一部影片《大空头》讲的是 2008 年次贷危机导致美国经济陷入大萧条，也导致了世界金融危机。早在 2006 年就有人发现了美国经济的问题，告诉大家房价不会一直涨下去，迟早要崩盘。2006 到 2008 两年间的各种数据也告诉美国人民不能这样懒散下去了，要有危机意识。

乐观的美国人民没把这些警告当回事，明明知道有危机还是不会有意识地去提前行动，很多人认为自己可以安逸地工作到退休，不会面临失业。就像泰坦尼克号的船长明明知道有撞冰山的危险还下令全速前进；明明知道吃多了蛋糕会转化为脂肪，还天真地觉得吃几次不会发胖……归根结底，"侥幸"二字。过分高估自己，低估危险，相信事情不会改变，一味低估事情发生时带来的困境。

失恋会给一个人巨大的打击，被分手的一方原本觉得那个人会一直陪伴自己到天荒地老，对方却骤然离开，造成这种痛苦感的一部分原因，是不变的有了变化，原以为永久拥有的东西却失去了。

我们不愿意提前为危险做准备，因为喜欢不变的东西，害怕改变的发生。如果一直这样自我麻醉，改变真正来临时，将被无限的痛苦笼罩。

现在的你可能在体制内，或者在一家大规模的公司工作，觉得如此优秀的单位永远不会有运营上的问题，而自己只要兢兢业业地工作也不会下岗。世界上最无奈的是，没有人可以预知未来，就好像我一直认为父亲会平安活到六七十岁含饴弄孙。

当真正的改变来临时，没有准备的人会是那个最可怜的人。

在组织里可以用 U 盘方式去活，也就是说你不再指望靠关系靠人情去变牛。能做到这一点，才是真正的 U 盘。假设明天公司倒闭，你能否生存？你得自问：活在公司靠的是领导照顾还是你真正的实力？

一个社会人，要有随时可以离开任何机构的能力。一个好的杰出员工和公司的合作形式是合伙人，平等人靠自由意愿的结合，而不是简单的被动的雇佣关系。

当下，最有竞争力的是 U 盘化生存的 T 字型人才。

认真分析自己哪些方面在对应领域里具有超越常人的竞争力，找到能力后，再探寻有哪些辅助优势可以将能力发挥到最大化。

作为英语老师，我最强的能力就是公众演讲，30人、3000人甚至上万人的场地都能讲。辅助优势是我对语言学习有兴趣，也喜欢了解新鲜事物。于是，我个人的U盘就是以公众演讲为核心，语言学习能力与对新鲜事物保持兴趣为半径的，可以嫁接到很多相关领域的整体。

除了课堂教学，作为新东方集团培训师，我还为学生及五百强企业做各种培训。

另一个涉猎的领域是国际教育展、游戏全球发布会的双语主持，接下来还会主持各大跨国企业的发布会及联合国相关会议。可以做主持人的帅哥美女有很多，能做双语主持的却很少；严肃端庄的主持人有很多，有分寸的幽默风趣的主持人却很少。我在努力把自己打造成全国乃至世界最优秀的中英双语主持人。

知易行难。知道自己要做 U 盘是一回事，真的能做到是另一回事。我能在双语主持领域有些成绩也不是一步跳过来的，需要不断磨炼，提升技巧，才能做到双语之间的无缝转化，为此付出的努力比单纯练好英语多得多。

每次进行双语主持前，起码拿出一周时间，每天花两小时纯说英语，再花两小时纯说中文，再用一小时中英文交替说，自己给自己做翻译，把英语说一遍，立刻自己翻译过来。讲课间隙、在餐厅里，我两种语言交换着说。不要在乎周围人的目光。罗振宇确定要走出体制的那一刻，很多人说他是在央视混不下去才出去的。而今，他的成功说明了一切。

作为一个优秀的 U 盘，你必须坦诚。不坦诚相当于自带病毒，别人会觉得你不可控，当你从一个操作系统出来想加入其他系统，别人会持防备心，让你无法产生应有的价值。如果你唯一能做的事是在原来的组织里通过人际关系耍手段，那离开组织没人罩着就无法存活。

在碎片化的时代，像 U 盘一样，随时在各种碎片化时间中学习，成为 U 盘化生存的 T 字型人才，在一点上精通，在多点上推进。

第一步，找到自己最牛的一件事，一旦确定了，就发现碎片化学习没那么难了。如果没找到自己的核心竞争力，看到什么就想学什么，所有的新闻都关注，就会浮躁、忙乱。什么都关注，什么都学不会。

当我明确了最想做的就是公众演讲事业，那就会把更多的注意力放在与之相关的信息上。

人生在取舍之间，取的应该是让长板变得更长的东西，舍的是不能变为核心竞争力的东西。

马云也是如此，他发现自己的核心是发现需求。阿里巴巴是技术型公司，马云不懂很多技术，也不需要把时间花在那里。我虽然开了微博，并用微信公众号来教学，但很多技术问题，比如如何设置自动回复、后台的美化，我也没有完全掌握，花时间学习那些技术并没有增加我的个人长板。

沟通、说服能力等辅助技能更多是在与人打交道时塑造的，通过大量课堂面对面教学，我也了解了很多和学生交流时的心理学知识以及沟通的基本礼仪。

这样一来，我就缩小了关注的范围，网上浏览海量信息时，聚焦于大学的公开课、TED 演讲集、美国脱口秀等。

假设你的专长是负责市场活动，应该更多关注的就是市场活动如何操作，每一步如何进行，而不是现场的抽奖代码如何编写，背后的财务工作如何进行等枝节问题。

互联网时代，为普通人的 U 盘化生存带来了机遇。

过去当权者垄断信息，一个研究所的研究员，发明了一项专利，必须通过导师或上级领导层层申报，哪一步没搞好关系，想出头就很难，甚至自己只能署名第二研究者。互联网时代，内容为王，随着社交扁平化，只要有一技之长就能扬名。《三体》的作者刘慈欣，没有任何背景的他在偏远的娘子关写下的力作也能通过网络被世界认可。

做一件事，不需要做到全国第一、世界第一的极致，起码做到在你所在的城市数一数二。不求天下无敌，只求在某个行业的细分领域有一定声望，至少，以此作为目标奋斗。

适应力源于思维的改变。

罗振宇常劝很多20多岁的人别买房，管它未来涨不涨呢，现在买房最大的悲剧就是你不敢辞职，不敢创业，不敢冒任何风险，让你最黄金的青春年华陷入了一种根本就不值钱的存量思维当中。那你不就注定是穷人了吗？"你20多岁的时候使劲往前奔，当你年薪达到50万、100万的时候，北京的房价再贵你也买得起，对吧？所以20多岁的年轻人选择往前看还是往后看，是人生的分水岭，也是强者逻辑和弱者逻辑的分水岭。"

弱者和强者、穷人和富人的分界，差在先天也差在思维。我曾经在课堂上做过一个实验——给你100块钱，如何在北京活一个月？

有人上来就说："老师，你开玩笑，在北京这么贵的物价，怎么可能活下来？"有人说："我99块钱买方便面，1块钱买报纸盖身上，到火车站用免费的水和厕所。"还有人说："100块可以去麦当劳买个套餐，一个月无限续杯。"

只有一位家境普通的学生说："我要先花10块钱去网吧，几块钱买个本子，把能查到的工作机会都记下来，挨个打电话应聘，找到一个包吃包住的工作。前半个月只求生存，在这期间寻求其他的工作机会。1个月后不仅能活下来，还能赚到钱。3个月后，我还会有积蓄。"

穷人总觉得要省钱，只看眼前，通过省钱来存钱。别人都买房，我也借钱付首付，每月还贷款买个房吧，有了房心里踏实，可以在这套房里结婚生子活到60岁，再攒钱买辆车也可以开一辈子。富人看到的是未来可以买什么，不在于今年可以享受什么，而着眼于当自己年薪百万、千万时可以看到更大的未来。有个段子说，有人问马云："你每一年干的事不一样，难道不难受吗？"马云反问："你每天干的事都一样，难道不难受吗？"

U盘化生存的人在当今还是少数派。很多人没办法如此独立，大部分人指望组织养活自己。

大部分人尚未觉醒，而你已经洞悉了未来的趋势。

当一个人决定在安逸的环境中不断更新自己，远离舒适区，去远方看风景时，他就已经克服了惰性，为未来带来了无限可能性。

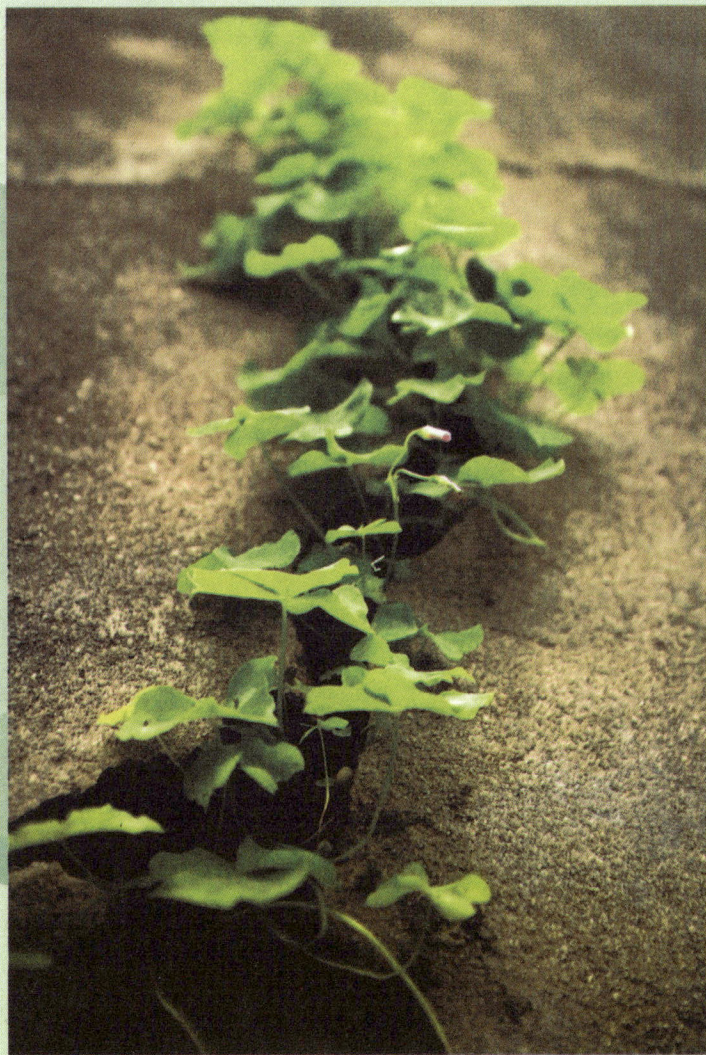

你最大的机会
是跨界

成功者身上有些独特的密码。形容某件事，他们从不说"太难了"，而是说"太刺激了"，总在寻求挑战，不断转换，跳出舒适区。

每次我上不同的节目，总有人评论说："是不是新东方赞助的？打广告去了？"其实这都是个人选择，绝大部分是节目组主动邀请的。没有官方赞助，更不会离谱到投资了巨款让我一直待在舞台上。

　　之所以有这些猜想和质疑，大概是因为大家总觉得一个有全职工作且在本领域还做得出色的人参加其他活动，必然有公司在背后赞助。我的经历恰恰说明新东方是个好公司，它没有阻止我去别的舞台上展现自己。这也是我能做到轻松地转换角色的一大原因。

　　从英语老师到辩手、嘉宾、主持人，我的角色转换从录制《酷艾英语》开始，这档面向大众的公益免费网络课程让我从一个单纯在课堂上教书的老师，转换为网上的双语脱口秀表演者。动因无非"兴趣"二字，我花了大量时间观看、学习、研究美国的脱口秀，才能在没有报酬的前提下，坚持尝试这个看起来和严肃的老师职业不相关的东西，在网上通过麻辣点评分享知识。

　　这和马东的转换类似，有了兴趣才能迈出角色转换的最初一步。很多人会压抑自己的兴趣，觉得没必要发展成花时间和精力去做的事情。在个人发展路径上看，这非常可惜。

　　兴趣加上毅力、专注力，才有了《酷艾英语》点击量从5000到5000万的飞跃。我也因此收到了《超级演说家》导演组的邀请。

　　《超级演说家》是在卫视平台播出的演讲节目，从网上的脱口秀到电视节目的转换，需要对尺寸有全新的认识和把握。

不同角色之间，也有相通的内容——核心竞争力。

老师和演讲者看似是两个角色，但核心竞争力的相同部分是舞台表现力。老师的角色帮助我塑造了演讲能力，加上兴趣的辅助，使我对业务要求精益求精，再登上电视舞台成为演说家，顺理成章。

这也是很多优秀的人转换的原因，保留了核心竞争力，在不同环境使用。马东如此，乔布斯也如此。乔布斯被自己创建的苹果公司开除后，并没放弃，他收购了皮克斯工作室。一个做软件的人怎么突然跑去做动画？而且看起来和此前的创业完全不搭边。其实乔布斯负责的是动画的技术部分，核心的编程能力还在，转换就自然而然发生了。

确保了自己的核心竞争力不变后，我们往往要面对另一个问题——恐惧心理。

参赛之前，我已经是新东方近两万名老师中评出的十几位集团演讲师之一，在英语教学领域也算小有名气。过往的成就让我心里忐忑，觉得万一讲不好丢人怎么办？被大家笑话怎么办？以后怎么面对学生、领导和同事？——天哪，我做了一个特别傻的决定。

恐惧心理是几乎所有跳出舒适区的人都会遇到的情况。后来我陆续推荐其他新东方同事参加《超级演说家》，很多人在上场前一刻放弃。他们觉得在自己的英语教学领域很牛，在其他领域万一做不好会很丢人，无颜面对江东父老。

其实，大家并不会因此而取笑你，更多是你被自己内心虚假的声音吓住了。

因对未知恐惧的畏惧而放弃无可厚非，但人生选择就会过于单一。

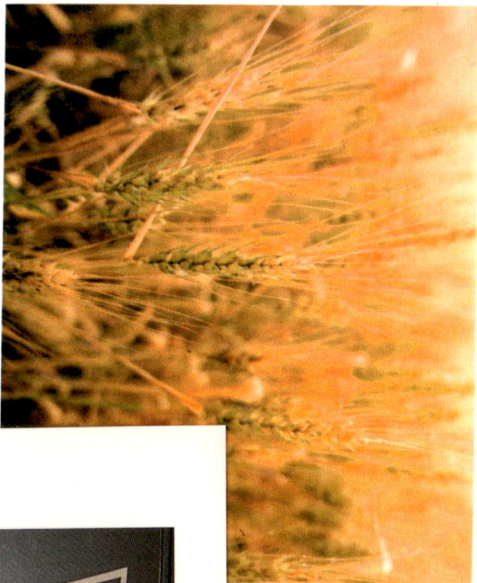

July

7月

艾力作品
《人生的8400种可能》

一	二	三	四	五

07

3 初十	4 十一	5 十二	6 十三	7
10 十七	11 十八	12 十九	13 二十	14
17 廿四	18 廿五	19	20 廿七	21 廿八
24 初二	25 初三	26 初四	27 初五	28 初六
31 初九				

你在生活里花费的每一分钟，
都让你更靠近理想生活一点，
而你所经历的，
上帝也都给你准备好了礼物。

当时要不是编导死活拉着我说："你必须来，你都答应了。而且你的 34 枚金币时间管理法确实很有用，和所谓纯'鸡汤'的演讲有很大差别。要让更多人受益。"我心想，就算是为了传播理论也要上去拼一把。没想到，因为这档节目，我被很多人认识。我其实是第三十几个上台的，但因为是首先受到鲁豫、李咏、乐嘉、林志颖四位导师同时亮灯认可，在第二季播出时，剪辑后把我放到了第一个登台播出。第一个播出压力很大，这直接决定了节目的收视率。

兴趣、了解核心竞争力、克服恐惧帮我走上了电视舞台。那之后，很多节目找到我，尤其是各种各样的相亲节目。我都婉拒了，这些节目并不符合我的核心竞争力，我不会为了增加曝光度而选择自己并非真正有兴趣的节目。

跨界要勇于尝试。

拍某汽车视频广告时，导演要求穿着单薄的运动服在冬天跑步。那天拍了 8 小时，为了展现出我比较拼搏的状态，光跑步的镜头就拍了 6 小时。那组视频中，薇薇姐在咖啡厅和人聊天，肖骁穿着新潮时装在三里屯 high，浩浩姐拿着气球充满少女心，我天没亮就被拉去黄浦江边，跑了至少 15 公里。

拍完跑步，晚上再去健身房拍拳击的镜头，我不断挥拳，挥到手臂麻木。成片中，随着一拳出去，我的汗水从脸上飞下来的画面，绝对是真实的。

作为老师，我提倡的是保持学习能力，不断学习新鲜事物。既然我给学生这样讲，为什么自己不身先士卒？

跨界等于过去所谓的不安心于本职工作，不务正业吗？两者之间的差异在于你是否真正持续发挥了核心竞争力。如果是为跨界而跨界，去玩票，就会显得有些不务正业。

　　从综艺节目到大屏幕的跨界转换更为艰难。2015年11月，我客串了陈晓主演的《睡在我上铺的兄弟》。尽管之前有过几次拍广告的经历，飞到上海还是被剧组的庞大震撼了：各种长枪短炮、拍摄车，100多号人。

　　老师这个职业最大的特点，干什么事都单打独斗，上课备课批作业，上网络课也有助教帮助，干什么事都很有效率。来到剧组我发现，几乎所有事情都是几个团队共同配合的过程。之前去综艺节目，效率比较低，感觉很拖沓。

　　我到了剧组以后想，尽量不要浪费大家的时间，做好自己的部分。剧中我本色出演一名英语老师。但这个老师和我平常不一样，他人到中年，特别无趣且固执。我对这个角色进行了深度的揣摩，想了想自己上课最无趣时该什么样，也把妆容调整成了最无趣的中年大叔模样。

　　我很自负，总觉得自己什么工作都能适应，觉得本色演出也没多难，就很自信地上去开始表演。台词我也觉得要有一定即兴发挥，才能体现自己真正的水平，完全照本宣科也太low（低级）了。拍摄中我才发现，一个镜头要拍好几遍，如果台词每次都不一样会给剪辑带来很大麻烦。我开始冒冷汗，觉得连这几句台词都说不准的话，这人就丢大了。

　　我有一个理论，有时你真的要先夸下海口，先把牛吹出去，然后再通过刻苦用功，把吹过的牛变成现实。罗永浩就是这么做的，这不失为一种实现梦想的方式。既然我说自己不需要使劲背就能记住台词，那即使现场有点蒙，也要硬着头皮上。

正式拍摄开始，我从第一次的极其不自然，到第四次的自然演绎，并没浪费大家太多时间。本来导演考虑到我第一次拍戏，为了录制我的场次留出了 6 小时，由于我比他想象的专业，那一幕 3 个半小时就拍完了，大家提前收工了。

在不断的跨界中，我始终保持学习的心态。虽然没有演员梦，但我觉得既然有人可以做到，为什么我做不到？ Why not? 为什么不尝试一下？

能跨界成功的人都是这样的思路，他们总是扪心自问——为什么不呢？为何不尝试一下？为什么别人可以做到的我却做不到呢？

没办法转换好角色的人，看问题的角度却是——为什么要去做呢？为什么要离开舒适区折腾自己？为什么要冒风险？

这是 Why 与 Why not 的差别吧。

我的朋友 S，就是这样一个不断在跨界中寻求自我价值的人。她毕业于北邮，是我做教研负责人时招聘到的老师。

第一次看到她的照片，无法把打扮中性的她和女生这个性别联系在一起。她办事认真，虽然开始讲课有些迟钝，但从不放弃。当时还是大三学生的她从当实习教师起，就主动申请给项目组拍片，自己拍摄剪辑，也主动为项目组提供技术支持，编程，做网站，这些全部是额外的工作。

随着教学能力的提高，安心当英语老师，她也会有不错的收入。这时她提交了辞呈，决定出国深造，从讲台前，去了异国的教室。

在国外读书时，她也没闲着，尝试做一个给留学生提供租房服务的平台，业绩出色。又过了一阵，她开始研究其他领域的技术。前不久，她决定回国投身一个新的创业项目。通过图片识别技术，你看到好看的照片，用手机拍一下，明星身上衣服的品牌、价格，甚至购物链接都能显示。这个项目已经拿到了上百万美元的投资。

成功者身上有些独特的密码。形容某件事，他们从不说"太难了"，而是说"太刺激了"，总在寻求挑战，不断转换，跳出舒适区。

和我一样，靠自己打拼的 S 也有困难的时候：自己把一分钟时间掰成几瓣去奋斗，无法照顾亲人；在风口浪尖的时刻，也会感到孤独和恐惧。

社会上一个流行的观点是：一个没有任何背景的普通人，必须把全部精力聚焦于你的专业才能取得成功。其实，跨界与聚焦专业并不冲突，专一就是保持某个领域绝对第一的地位，你可以把每天的时间分开，比如每天有固定 4 小时更新学习本专业的知识技能。一天还有剩下的 20 小时，即使除去吃饭睡觉，起码剩下两三个小时可以自由支配，用来准备跨界内容，并不会影响专业性。

敢于不断转换，是在别人放弃时多坚持一下，不甘将自我固定在一个狭隘的角色里。

别让对未知的恐惧害了你。找到核心竞争力，多学习其他行业所需要的东西，将两者结合在一起，你会发挥更大的价值，找到全新的自己。

年薪 10 万到 100 万，你需要做什么

靠自我奋斗实现财务自由是一条漫漫长路，这条路上，你要显得聪明能干，还将继续聪明能干下去，为他人、社会创造更大价值。累吗？真的累，辛苦但心不能苦。

在一线城市工作三五年，在二线城市工作七八年，年薪十几万并不太困难，大抵可以被称为小中产。

如果用普遍的物质化的图景描述：每年出国旅行一次，买个人门级的 LV 手袋，去 MUJI（无印良品）买衣服，家人凑上首付贷款买房，每周下一两次馆子和朋友聚会。

年入百万呢？那些在时尚杂志上看到的国际大牌，也舍得购置。把车子从 10 万元左右的家用轿车换成 SUV 或宝马、奔驰，买第二套房子，吃有机蔬菜，去欧洲旅行，寻求刺激可以挑战南北极地。孩子上国际学校，获得更好的教育资源。

这些物质符号彰显了生活品质的提高，而背后需要的智慧、投入、自我提升和承担的压力是很难靠想象体会的。

年收入从 10 万到 50 万、50 万到 100 万，不同阶段之间有巨大鸿沟，一旦跨越，得到的提升和成长远远超过数字代表的财富本身。我身边不乏这样的人，培训教师、作家、创业者……即使不是二代，没有背景可以赢在起跑线上，他们依然能通过个人奋斗完成飞跃。总的来说，这部分人的共同特质是：人品正，学习能力强，对事业有持久的激情。

1. 坦诚与直率的价值观。

我最佩服的管理者是杰克·韦尔奇，他像魔术师一样把百年企业通用电气盘活。在职场圣经《赢》一书中，有个细节很容易被忽略：杰克·韦尔奇认为管理最大的核心就是 Candor（坦诚、直率）。公司体量越大，企业氛围越容易演变为不说真话，大家见面都说漂亮话。当面口头承诺很好，之后不守契约；下级汇报问题时井井有条，执行时不能落实。他在管理哲学中讲到的第一个问题就是坦诚——有问题说问题，实事求是。

直率是高级的坦诚。

Candor 意味着踏实。有一阵子我研究了很多档创业节目，发现夸夸其谈讲故事的方式已经基本失效，尤其是伪造履历和数据的不诚信行为。

儿童教育领域是未来市场容量巨大的一个产业，不少创业者采取画大饼的方式夸夸其谈。稍有逻辑思维和生活常识的人，不需要这个领域的专业知识，只凭简单的数学计算，也能知道有些创业者描述的蓝图很难实现。他们也会讲故事，也表现出了情怀，只是精明的投资人目光如炬。有一位儿童康复教育的创业者，他用真实的场景演示，用朴实的语言说清楚了自己要做的事和为什么做这件事。即使他失败了，投资人也相信，在走一条没人走过的路，撞上墙、碰上壁是难免的，还会继续支持他创业。

其中一位投资人感慨地说："他的实在打动了我，其他人也被打动了，他是少有的真正埋头干活，同时在投资人面前低估自己，不夸大估值的人。"

Candor 意味着爽直。成大事者不纠结，快速识人，具有决断力。做咨询和经纪服务的朋友告诉我：有些人毫无诚意，心藏算计，反复以合作为诱饵来咨询的只是想多刺探一些专业信息，甚至有人假装签约，拿着方案和合同模板跑掉另签别家，只是为了省一点点律师费。而真正成事的人，通常一两轮沟通后会约见一次面，接下来就会决定。

Candor 意味着承担。诚信缺失的大环境下，坚持底线有损失是必然。当遭遇那些视诚信于无物的人，我习惯于归因到自己身上。可以有短暂的抱怨期，但很快要沉静下来思考如何让自己变得更好。只有从自身找原因，很多事才能坚持。你可能委屈，也可能不服，但勇于面对失去，以更好的方式接受失败才能抵达光明之地。

一味归因于外界容易演化为虚无主义，而外界和他人不会因为你而改变，接下来还会失败。如果俞敏洪老师经历 3 年高考时和很多人一样抱怨社会的不公，那他很可能坚持不了 3 年，一辈子在小山村里出不来，也无从创建一个伟大的企业。

面对那些不公，我知你心中委屈难耐，你更不想将这个世界拱手让给那些无底线的人。即使不是你的错，即使真的是别人的原因，起码知道改变了自己，就能改变结果，一切的努力就有意义。

选人时，如果这个人和他投身的"跑道"都不错，固然是最好的选择，但相当多的时候，我们看中的是这个人本身。拥有 Candor 精神的人，即使这件事不成，将来也能成事。

2. 更高度的自律，更强的自驱力。

能按时上下班，认真完成上级交代的工作是一种自律，看似简单，能做到这一步的人已经超越了 80% 的竞争者。而更高的自律肯定会带来自信，增加可控的面，这种自律会带来更大的自由。

喜欢李碧华《生死桥》中的比喻："心中如滔滔江水，脸上像静静湖面。"主人公怀玉经历各种人生绝境时，作家借由对人物的慨叹说出了一个职场真理："世上有谁追究一颗蜜枣是如何地制作？每一个青枣儿，上面要挨一百三十多刀，纹路细如发丝，刀切过深，枣面便容易破碎；刀切过浅，糖汁便不易渗入。"

作为中高管，要和公司一起经历大风大浪，能力越大责任越大，面临的压力和困境就不同。这个阶段你不能依赖任何机构，不管对公司做出多大的贡献，为了平衡势力也好，找替罪羊也好，老板可能开掉你。

遇到各种风云诡谲的状况，急不急？当然急。但不能过度表现，要给伙伴给团队以信心，自己去解决这个问题。

强大的自驱力也是对自己负责的能力。

罗振宇在一次新书发布会上提到了一种"玩命的合作者"。他当时开玩笑说自己的跨年演讲可能会放在上海。"其实确实越来越摆脱对外界协作的依赖，上海最大的好处就是跟你协作的人永远靠谱，永远给你确定性，但是缺点就是谁都不跟你玩命。所以我建议很多创业者，创业的时候尽量在北京或者深圳这样的地方，等公司稍微成熟一点搬到上海是你的好选择。"

我不喜欢在不谈薪水的情况下用画饼的方式激励下属。不需要别人提醒就能看到远景收获、有长远眼光的人才有可能谈未来。最好的合作伙伴是彼此"盲目"地信任，为了实现共同目标的可能性愿意 all in（押注全部）；次之的是"当一天和尚撞一天钟"，做对得起薪水的工作，按部就班，保持对工作基本的责任心；再次之的是需要说服、管理甚至惩戒才能继续往前推进的人。

俞敏洪和好友盛希泰一起创办洪泰基金时，为了看项目，俞老师坚持了一天，得了肺炎。而很多他们帮助的创业者深夜两点还在微信群里讨论工作。

我在演讲中提过自己工作之初两次没能顺利"上岗"的经历，学生打分很高，但内部评价机制中差额上岗的名单里没有我。第一次是培训了半年，没有排上课。第二次，上课上了三期，第四期没排上课，也算另外一种形式的下岗。

时隔多年，搭档问我当时哪儿来的那股劲留在同一个公司继续努力继续争取，换了别人可能一言不合就辞职了。

很简单的三个字：不服气。

人就要有这种劲，多问几个为什么、凭什么。为什么不如自己的人都能做到，而自己不行？为什么觉得自己有能力上岗，却没能留下来？

不服气不是为了抱怨，而是为了把那口气提起来。

办法总比问题多，想努力总有方向。

新东方二层有个会议室，朝九晚六开会用，其他时间变成了我奋斗的战场。没课可上时，我就在那儿读书、备课，累了趴在桌子上睡，累极了就躺地上睡。我特别喜欢会议室里的那块白板，有了教案想法赶紧写在上面。然后一个人对着空荡荡的会议室把那块白板当成黑板，想象自己在给几百个学生讲课。有同事早上打卡时发现我从屋子里出来，其实我那是刚刚下班。乔布斯说："I had been rejected，but I was still in love."（虽曾被拒绝，但我心中仍有深爱。）

我喜欢的是演讲和教学本身，就是对空椅子空桌子也能讲三天三夜，教学是我真正热爱的事业。当你对某件事情产生了兴趣，就会全身心地投入，忘记周围的一切，甚至忘了自己。

全力以赴，不留余地，保持狼性。

在不违背法律和道德的前提下，扪心自问能否尽一切努力来达成目标。不要把这种付出视为是为公司拼命为老板卖命，这是自我成长付出的代价，也是对自身使命感的考验。

3. 专业领域的精进，深度获取客户。

在百万年薪的门槛上，要么是专业大咖，要么兼具资源，对行业有深刻的思考，拥有有效人脉和可以信赖的合作伙伴。

在这里，80/20 原则不再适用。

根据一万小时定律，假设每天至少 10 小时投入这个事业，全年无休，大约 3 年后可以实现专业能力上的压制。对很多在某个领域有天赋的聪明人而言，他们可以轻松地用 20% 的时间达到 80% 的人达不到的水准。但如果想成为前 10% 或者 1%，需要付出额外的很多时间和精力，甚至财力。换言之，我们当然可以选择用很少的时间成为前 20% 的人，那意味着 100 个人里有 19 个人可以随时替代你，如果你成为 1% 呢？

筹备第一本书时，我开始关注这个领域，发现只在嘴上谈概念容易，执行落地难。"为你打造独一无二的标签""要做出不同于别的作者的风格""每个时间节点要做很多事""封面非常重要，书名也是"，几乎每个人都会说这些话，但 How？ When？ 如何做？ 何时可以做？很少有人给出正面的回答并且落实。我把这个难题扔给搭档，她用了一周时间去诚品书店调研，家里一整面墙的书橱放上了三四百本近年来的畅销书，拿出了自己收集的几十本畅销励志书的资料包研究文案，给我的每一个疑问和方案至少3种不同的选择。

当交托一项重要工作的时候，明确知道对方会全力以赴并且时刻保持专业领域的精进和自我要求，对授权者而言是重要的考量因素。

深度获取用户的能力一是指能否与其达成超出平台影响力的更深层次合作，二是看是否足够有黏性，达到长期合作的共赢局面。

圈子里有个耐人寻味的现象，有人声称自己曾经做过很重要的项目，或和某位知名人士交情匪浅，接触下来会发现，也许他只是那个项目中非核心的人员，抑或只是借助强大的平台接下来的这个工作，更有甚者，借此消费他人，无限炒作，褒扬自己。这样的行为有可能一时蒙蔽后续合作者，但不能持久。

4. 格局决定一切，吃得了亏，忍得住气。

无论做人还是做事，格局是要达到的终极目标。

2013年《赢在中国》的决赛视频我反复看过很多次，每一次看都有新的感受和思考。

马云在决赛点评中说："艺术家是要有自己本性的发挥，商人是要控制自己的本性，必须改变自己去适应别人。何谓领导者？领导者就是点燃别人的希望和火焰，让人家能发挥得更好。所以从某种程度上讲，做商人做到大企业家一定是要受委屈的。而艺术家不能受委屈，是做自己想做的事，也没人怪你。企业家不能做自己想做的事，你只能改变自己，忍受委屈，来做自己想做的事。"

有一期比赛中，零点研究咨询集团董事长袁岳带领的队伍，由于互换了队员，很多人不知道是比完这一期就换回去还是会永久留下，对新队长袁岳采取了不合作态度，呼啦啦一下子走光了，他们集体退出项目。没有给脸色，没有说教，袁岳自己拿着喇叭上阵，一家家店铺搞地推式销售，挨家挨户卖包子。那些优哉游哉的企业家队员一天下来，也觉得不好意思，第二天积极认真地投入了比赛，说一定要帮队长赢下一场，袁岳拥有了真心的铁杆的班底。

袁岳的举动得到了企业家们的尊重，柳传志感慨地说："一个企业家，情商、胸怀要大，这是做大企业家的必要条件，这点已经让我很感动了。我对袁岳，发自内心地尊重。"

宽容是海。

几年前有一部电视剧很流行，叫《大染坊》，还有同名小说。这里面塑造的企业家不断打败竞争对手，但不是把人置于死地。即使对方失信欺诈，也给别人留一口气，让他有重新起来的机会，这是中国式的宽容。如果一心要把人家赶尽杀绝，自己的企业也不会成为伟大的企业。给人留个余地，也许他改邪归正以后还可以合作，起码不是仇人。

面对任何意外，不要有无谓的情绪。

日本"经营之圣"稻盛和夫最不喜欢人有无谓的情绪，在他看来，无论别人怎么羞辱、刁难你，你只管专心做自己的事。

想清楚未来的 5 年、10 年乃至二三十年内，自己到底要什么，拥有什么，可以放弃什么，你将无比强大。

　　靠自我奋斗实现财务自由是一条漫漫长路，这条路上，你要显得聪明能干，还将继续聪明能干下去，为他人、社会创造更大价值。累吗？真的累，辛苦但心不能苦。

　　保持正确的价值观，坦然面对未知的挑战。

你更适合大公司、中等公司还是创业公司

在做出选择前，总会有"过来人"告诫你这个选择要面临的困难。你去大公司，他们说学不到一技之长，无法在体制外生存；你去中等公司，他们说这是夕阳产业，公司规模又不大，没有全球化视野；你去创业公司，他们说不稳定，说不定哪天就失业了。马云说："只有看到最艰难的东西，你依旧客观冷静地保持乐观，这是对的。如果你都没看到未来的困难在哪里，你的乐观是盲目的。"

过去一年，我发现身边很多 80 后、90 后的朋友去创业了。在全民创业的当下，似乎见面不聊几句垂直领域、A 轮融资、用户痛点这些词都不好意思和人打招呼。

创业是在一切不确定性中找到一条新路，考量你是否有足够的冒险精神，是否有 all in 的气魄，是否有选一条未知之路的决断。

我从大二起就在新东方这样的大公司工作，在相对固定的赛道上寻求更优解。每个部门的工作，相应的流程较为完善，只需要在这些确定性上想一些新的更优化的解决方案。

年轻朋友问得最多的问题也与此相关：大公司、中等公司、创业公司，怎么选？

一次讲座结束，一个衣着朴素的女生抓住我问了一个问题：她是某 211 大学经济类专业硕士应届毕业生，有两个选择，一是去银行工作，可能会在某个犄角旮旯的支行从柜员做起，月薪三五千起步，实习一年半载有可能留下做正式员工。二是去高端商场里的奢侈品牌当导购，立刻入职，月薪万元起步，还有绩效奖金。

她一脸困惑，似乎马上要从我这里得到确定的答案。

很多人来咨询职业选择时，都会这样，不交代自己的背景、特长和对未来的愿景。只简单说：您看，现在我有 A 和 B 两个选择，应该选哪个？

对银行和奢侈品导购领域，我不熟悉，只能根据她给出的假定提建议。我问了她 3 个问题：1. 你的家境如何，现阶段自己在外漂泊打工，有什么特别的需求和压力？ 2. 如果去银行，一年之后还是普通员工，薪资不高，你没有特别的资源拉存款，导致的工作压力是否能接受？但这是你的专业，还读到了研究生，是否可以在实践中发挥所长？如果去奢侈品牌当导购，看你也不爱打扮，是否真心热爱时尚行业并专注于此？工作几年 30 多岁时，继续当导购是否能接受，或者锻炼几年想出国进修还是转型？ 3. 毕业头 3 年，你更看重立刻的工资回报，还是确定一生为之奋斗的领域？

她茫然了："老师，我没想过这些问题，要仔细想想。但是我并不知道外面的世界是什么样的，很多事我只能自己从网上搜集资料。"

接下来，我跟她讲了身边 3 个朋友的真实故事。

朋友 A 君和我一样，毕业后一直在大的培训公司工作。大公司的好处是你不需要操心其他部分的事，只需要讲好课，出差有同事为你订票，有市场部的同事联系讲座，平时有排课的同事负责课程沟通。

随之而来的是长时间的封闭后，很多人除了讲课，什么都懒得想，什么新技能都不会，能力退化。由于大公司的福利保障很好，有安全感，不落后不犯错，不会有大问题。做得好也会内部逐级升迁，但职场的天花板是明显的。这种情况下，大多数老师应该思考的是 40 岁以后怎么办，转往管理岗，还是继续讲课？

而在培训领域外的大公司中，根据李开复的说法，40% 的时间用在学专业的知识，其他的时间用在开会、跨部门交流，还有公司运营的各种损耗，以及办公室政治和八卦，这些时间占去了 60%。

朋友 B 女士硕士毕业后去纸媒工作。这家都市报人员老化，结构不合理。三分之一是公司成立之初来的老员工，个人能力堪忧；三分之一是关系户，干活少拿钱多；剩下三分之一是从各学校招来的新人，收入最少干活最多。

进报社第一天，领导要做一个 Excel 表格，整个办公室的老员工没人会，他们交稿习惯用写字板模式，如果用 Word 文档，排版一团糟，甚至有的老员工打字速度都不能保证，尽管他们习惯了上班用公司的电脑看肥皂剧玩游戏。

这样的中等公司人际关系相对复杂，一方面，"人治"的成分大，工作的顺利程度与升职有时只取决于领导的个人喜好；另一方面，规章制度陈旧、管理流程烦琐，正常休假盖章和报销要看办公室人员的脸色，如果他们打游戏看视频时被打断，心情不好就会各种阻挠。

这份工作的优点是工作时间灵活，不必坐班，接触的是她真正喜欢的文化领域的知名作家、学者。缺点是收入下滑，不随资历而增加。10 年前记者的月薪几千块，能买一平方米房，现在还是几千块。

朋友 C 君毕业于名校，在 BAT（百度、阿里巴巴、腾讯）待了一段时间后降薪投身创业公司，拿了期权。在大公司里，他觉得自己只是一颗螺丝钉，每天做着自己领域里非常具体的工作，对于整个公司体系并不了解。李开复曾表示，自己过去工作的公司，3个工程师的工作就是把一个按钮写好，公司不希望写按钮的人看到后台、客服、销售、市场。

而到了创业公司，很多事没有前例，要自己在摸索中、失败中前行。

单就近一年的收入而言，无法和之前相比，而他投身的行业以及整个公司的存活，没人可以预知。

其实，没有所谓完美的选择，而是看选择之后做了什么。所谓的完美方案并不存在，但一定存在相对较好的选择。要为自己设定一些基本原则。

入职后，A有两条路径可选，一是在大机构里没紧迫感地按部就班。二是主动迎接更大挑战，让自己具备更大的视野，升职加薪并不遥远，更重要的是借助大公司的平台积累人脉。

B也有两条路径可选，一是混吃等死，喝茶看报，用虚假的满足感麻痹自己。如果对自己没有更高的要求，也可以享受清闲的生活，但再过两年整个行业彻底衰落时，还要重新起跑。二是在不计个人得失积极工作的同时，利用资源和人脉形成自己的核心竞争力，尝试转型为内容提供者。

C的两条路径，一是创业公司有可能经营不善，加上大环境资本寒冬，公司倒闭或被裁员。二是积极学习，很多时候直接领导就是大公司挖来的，可以直接跟他学习，这在以前的大公司里是不能想的，在大家共同努力下，公司一日千里，自己也成为 C×O（首席××官）。

在做出选择前，总会有"过来人"告诫你这个选择要面临的困难。你去大公司，他们说学不到一技之长，无法在体制外生存；你去中等公司，他们说这是夕阳产业，公司规模又不大，没有全球化视野；你去创业公司，他们说不稳定，说不定哪天就失业了。马云说："只有看到最艰难的东西，你依旧客观冷静地保持乐观，这是对的。如果你都没看到未来的困难在哪里，你的乐观是盲目的。"

我恰恰觉得这是最好的时代。往回数 5 年 10 年，个体很难有机会选择生活，我们习惯了被人领导、被人推着往前走、被集体暗示着从众。

而现在，年轻人可以选择做自己喜欢的事情，在家办公的自由职业也不再被视为失业。

职场不再是一条单项赛道，你也不再需要一条画好斑马线的马路。

◎敢于不断转换,是在别人放弃时多坚持一下,
不甘将自我固定在一个狭隘的角色里。

Three

说话力
套路永远无法战胜真诚

好好
说再见

分手时的姿态，也是内心格局的折射。

知道前路漫长，终将抵达光明丰美之境，该放手时便能潇洒离去，前面还有那么多
未知的挑战和美好。死抓着不放，觉得眼前的世界是唯一的选择，只因自身何其贫
乏。而这样的态度，并不能挽留任何要走的人、要散的缘。

分手时的姿态，也是内心格局的折射。

知道前路漫长，终将抵达光明丰美之境，该放手时便能潇洒离去，前面还有那么多未知的挑战和美好。死抓着不放，觉得眼前的世界是唯一的选择，只因自身何其贫乏。而这样的态度，并不能挽留任何要走的人、要散的缘。

— 1 —

我经常收到全国各地学校演讲的邀约，每一个邀约，我都看作是大家对我的认可和信任，尽量从上课、录节目、做慈善活动的行程表中挤出时间，不论路途遥远，也不想算自己可以睡几小时。

去年冬天，两所北京的大学的社团负责人 A 同学和 B 同学同时发来了私信，希望我能在当月去做一场公益演讲。一开始谈得都很好，两位女生积极、礼貌，也答应没有商业诉求，并保证已经和学校协调好了场地，不会出现档期定了却说老师不批准场地的情况。于是，我各方协调空出档期。这时，她们又提出了各种要求，我很为难，也和档期不符，于是婉拒了。

A 同学又争取了一次之后，发邮件说这次是自己没处理好，希望下次还有机会。B 同学则不停地质问，每次回复原因后又打无数个电话、发短信轰炸，让给个说法："你刚开始说认真考虑，我都给老师汇报了，你让我怎么交代？"

如果还有机会去，你会选择哪所学校？

不久前，两个朋友的项目几乎同时遇到了不顺，决定离开原工作岗位。C君认为自己应该有更好的发展，于是不再续约，投入了原公司竞争对手的怀抱。这一行为客观上让为他提供了起步时发展平台的公司未来一年盈利受损。公司领导面对C君的突然辞职有些错愕，但仍然顺利办完交接，送上祝福，说下次有机会还可以合作，事后也没在业内爆黑料。原本C君有些不地道的地方，领导选择了保持沉默，这已经是对一个上升期的年轻人最大的宽容。有人问他："C这样的做派，只怕到哪儿也待不久，将来你还会再和他合作吗？"领导笑了笑说："这一行为了一点点利益就不遵守契约精神的人很多，哪计较得过来。如果C君去了更好的平台，混出名堂，再合作也会给公司带来利益，没必要和钱过不去。"D君一直任劳任怨，不但不强求报酬，为了项目进展自己还贴了不少钱，给公司带去了丰厚回报。中高层一方面怕D君被挖角，四处抹黑D君，把功劳揽在自己身上；一方面没有兑现许诺的奖金，D君苦干了一年，跟这个项目沾边的领导们多拿了不少绩效奖金，而刨去垫的钱，D君到手的奖金几乎为0。当他决定离开时，遭到了公司的层层刁难，劳动成果被侵吞，公司还威胁让他对自己遭受的不公闭口不言——你再有本事，不过是一个北漂，如果你不怎样怎样，就让你在这个圈子混不下去。

如果一定要吃回头草，下一次你会选择和谁合作？

职场人最重要的分手仪式是辞职。

如果决定离开某个岗位，换公司，要走得光明磊落，刻意隐瞒和一时快意恩仇撕破脸对自己未来发展有很大影响。

态度要坚决，理由要充分，从物质到远景都应该有。见领导之前，在心里把这些理由反复梳理几遍，甚至写下来，实战中很可能临场聊着聊着就跑偏了。要离开的人主要从事实考虑，有不舍但仍然离开的人重感情。工作久了，人们容易混淆事实和感情，过分地夸大分开给团队和个人造成的伤害。纠结、犹豫、瞻前顾后时可以写下核心的几点。文字上的东西给人安定感，事实告诉我该选择离开，但情感还是阻拦我的时候，只能壮士断腕。

2012 年，我想从新东方教中学的酷学酷玩项目转到北美托福项目。一方面想要更高的挑战，不想一直教中学课程；另一方面是养家的压力，教托福的报酬更高——这两点属于正面的理由。至于工作上合作的不愉快，属于负面的理由。我把这些点都罗列出来，但实际操作中，我只用正面的理由去谈。

如果不想把事情弄太僵，要当面说，邮件、电话、短信的通知方式或多或少会让对方感觉到不被尊重，除非你们已经是敌人，压根不想见面。要走得漂亮，当面说永远是最好的解决方式。面试时，真重视你的会当面面试，而不只是简单打个电话沟通。

来的时候有多真诚，走的时候就要有多实在。

当我跟上司李亮老师第一次谈换部门，他的愤怒可想而知。他对我确实很好，工作上给予很大的指导和帮助不说，当我的父亲去世时，他也给予了生活上的关怀。

2011 年回新疆参加父亲葬礼时，亲朋好友纷纷劝说母亲让我留下，不要再回北京。那时的我月薪几千块，和大多数北漂一样，除去房租剩不下几个钱。物质上极度贫乏，精神上压力巨大。亮哥不仅自己捐款，还号召新东方的同事一起捐了钱。工作繁忙分身乏术，他就专门派人来我家劝说母亲。

任何一个人第一次知道对方要离开，都会愤怒。你始终不能抬高自己的音量。要给 15 到 20 分钟的缓和时间，或者等对方情绪稳定了再谈。成熟的领导缓一阵就够了，接下来他肯定会问理由——为什么？

开诚布公，我讲了挑战、薪资这两个正面理由。

亮哥听完一言不发，他点了一根烟，深深吸了一口，吐出烟圈。我看得出他压抑的怒火。"小伙子你不懂，看的东西太少，你到底有没有想清楚，是不是膨胀了？"他跟我分析说，我以为给中学生上课受欢迎，就理所当然地认为大学生也能服我。

心里有各种反驳的声音，我没有说。对方现在不爽，与其直接反驳，不如让他说个痛快。

领导想挽留员工时会抬高薪资，但你去意已决，就把重点放在想要挑战和得到更大的远景上，当讲到目标和理想上的追求时，领导就无法找到合适的理由说服你放弃这个想法。那个写"世界那么大，我想去看看"辞职信的老师讲的就是理想，而不是在说"我想去别的学校，那里工资更高"这类理由。

还不行，你再列举公司做得不够好的地方。如果到那一步就是赌博，对方有可能诚恳认错，更大的可能是说你心胸狭窄。

亮哥说自己会做更多改变，改善我的工作环境。我忍住了说出负面理由的冲动，表示即使去了别的项目组，这里有需要我依然会尽力帮忙。

既然坚决提出离开，就不要接受条件，否则自己也变 low 了。

离职以后还不时跟亮哥吃饭，讨教人生经验，保持了良好的合作关系。

— 3 —

很多人被生活推着走，我们眷恋一个人，留恋一份工作，然而别人并不肯给机会。

谁不是一边受伤一边学坚强。

有位编剧朋友，40 多岁时放弃了家乡体制内福利待遇好的工作，北漂寻梦，经历住地下室、吃方便面、各种被骗的"北漂三部曲"。那时电脑尚未普及，他把家里的电脑带去北京，意外发现可以帮人整理剧本打字维生。熬了几个通宵打出几万字交到对方手上时，他开心地认为有钱可以交房租了。那人让他在一旁等待，说进房间用电脑看下，合格才能给钱。几分钟后，对方走出来，说盘是坏的，上面没有东西，自然不能给钱。

这边是窃取了劳动成果的明目张胆的骗子，那边是天天催钱要赶人的房东。军旅出身的他可以上去揪住领子把那人打一顿，然后呢？被到处抹黑，给原本就是 hard（艰难）模式的北漂之路雪上加霜？

他走出门，没说一句话。继续白天打工，晚上写剧本。几年前，他的电视剧陆续登上各大卫视。只是他告诫自己，要对新编剧体恤些，该给的署名和钱，一个都不能少。

对曾经遭受的不公保持沉默，是一个人最大的尊严和骄傲。他人要走要逼我们放弃的，不强求不追究；我们主动放手的，安稳善后，好合好散。反戈一击，冤冤相报一时爽，后面烂摊子要收拾很久。这并非圣母心，而是在任何情况下，人都应保持体面，日子要过路还长。

公众人物就更容易引人注目，他们的喜怒哀乐衣食住行 360 度无死角暴露在公众面前。上热搜容易，但这个电子时代，任何过往都将被记录，在此后的无数个日子里被好事者翻出，那些姿态难看的"撕"想必过后自己看了都会后悔。

薛之谦曾经在某档选秀节目的淘汰环节对流泪的选手说："不要怪任何人，不要怪任何一个台下没有投票给你的人。因为这就是你不够强，你要汲取养分，让自己变得更强大。有一天你强大起来，那就是你的本事。失败了，不要怕，汲取养分，强大起来。"

"人生就是教会我们不断地学会放下，遗憾的是最后我们都没有好好地说再见。"

从今天起，学会好好说再见。

◎在这个充满变化的时代，唯一不变的是变化本身。

别让抱怨拉低了
你的 level

怎么样都得活下去，而且要好好活。与其抱怨还不如选择去做点事；与其去诅咒黑暗，不如去点亮蜡烛。不抱怨、不诉苦，感谢曾经努力过的自己，我相信这才是最好的努力与拼搏。

工作再忙，每周我也会安排和 3 个不同领域的朋友吃饭，在沟通感情的同时，也能了解各个行业的动态。某次去电台等朋友下班一起吃饭，看到他们每个人的办公桌上都放着一本《不抱怨的世界》。

　　说起这本书，朋友的话题就来了。"领导总是喜欢拿这些书给我们洗脑，让我们使劲干活，工资还没见涨，周末还要出去搞活动，别说加班的双薪了，当天的工资都没有，还老让我们别抱怨，凭什么啊。"

　　很多中国人知道威尔·鲍温，是因为 2006 年，他发起了一项"不抱怨"运动。他邀请每位参加者戴上紫手环，只要察觉到自己抱怨，就将手环换到另一只手上，直到这个手环能持续戴在同一只手上 21 天为止。

　　最开始威尔·鲍温只在社区发起这个运动，没想到一个月内，发电邮申请手环的人高达数万，可见大家每天都活在抱怨中，抱怨工作、抱怨生活、抱怨家人，所以他才想到通过这样有传播性、非常新鲜的手段去提醒人们减少抱怨。

　　还有一次，威尔·鲍温应一位中国企业家之邀，与他共进午餐，那人才 40 出头，已经是亿万富翁，企业还在持续成长。人人都以为他过着幸福美满的生活，他却不断抱怨说自己并不幸福。

　　这种不抱怨的方式我也用过，借此来督促自己觉知抱怨的负能量。

从"凭什么""为什么"到"怎么办"的转变是年轻人一定要经历的过程。

刚入职场时，我也遇到过很多在学校里从没想到过的问题。同事的不配合，进度的拖延，个别人的小算盘、小伎俩……我是个直肠子的人，对那些阳奉阴违的钩心斗角很看不上眼。有少数学生不好好学，把自己的苦口婆心当空气，家长也对老师有诸多额外的要求。那段时间整个人充满了怨气，觉得自己一心干正事却要被一些乱七八糟的东西束缚着。

这些话自然不能跟同事跟上级讲，于是，跟朋友们一起吃饭时，我下意识地会说到这些不公平，觉得自己没做错什么，凭什么要受这些闲气。刚开始，大家拍拍我的肩膀，安慰几句，一起吃几份大盘鸡这事就过去了。直到有一天，一个不太熟的朋友突然说："你知道吗？每次听你说起那个不合作的同事，耳朵都起茧子了。别人不会真的关心你同情你，只会觉得烦，进而怀疑你的工作和处事能力。"

他说完转身走了，留下我在原地沉默了很久。那之后，遇到任何事我都默默解决，自己承担。从自己身上找到原因，从竞争对手以及大环境上多角度分析，向前辈、有经验的资深人士请教。用脑子，独立思考，找到属于自己的那一条路。

这过程如此痛苦，却是成长的必经之路。这条路，如此孤独，你只能自己完成。

过去两年里，因为一起录制一档节目，见过蔡康永先生很多次，他总是和气妥帖，从不见他发脾气或抱怨任何事。我也从他身上学到了很重要的一个人生智慧——抱怨是一定要的，但公平一点，每抱怨一件事，就同时也感谢一件事。

当我想抱怨北漂的种种艰难时，会感谢这个大城市给了我最好的平台，让我遇到了各行业最优秀的人并与他们合作、携手前行；当我想抱怨课程和演讲安排太多，有时一天5场还要深夜赶飞机，疲惫得生病打吊瓶时，会感谢工作成就了我，给了我更大的舞台，让很多人知道我的理念，成为更好的自己；当我想抱怨身边人对我要求太高时，会感谢他们的全心付出让我能成为斜杠青年，从容跨界。

面对苦难的态度，取决于生活的态度。比如你去问别人："最近怎么样？"有的人说很好，然后告诉你自己各方面的进展和成绩；有的人则怨天尤人，开始大谈特谈世道艰难和自己遭受的不公；有的人生活处境并不是很好，但是很乐观。

有朋友问我，你怎么总是不生气，无论吃多大亏，受多少罪，总是乐呵呵的，我怎么就做不到？凭什么你总要我改变，而不是要求他们不作恶？

很多人和我一样，少不更事时的梦想是改变世界。步入社会后，开始懂得，要改变世界，先改变自己。改变自己是核心，也比改变世界容易得多。我想改善世界，让它因我更美好，哪怕每天一点点。

10年前，读陈丹燕的《上海的金枝玉叶》，记住了那个曾经享尽荣华富贵到一贫如洗而不失其精美华贵神韵的郭家小姐郭婉莹（戴西）的坚忍和乐观。丈夫去世，财产散尽，去看望她的人觉得她是个奇迹，而她却坦然解释："我只是不觉得真的有那么苦，既然你不得不过这样的日子，那么就把它接受下来。别人能这样生活，我也可以。"老年的戴西从来不对人提及自己经历过的不公与伤害。

但10年前的我，并没真的体味到戴西身上这种永不抱怨的气质是巨大的人生智慧。10年前，我选择尖锐和爆发，10年后我选择隐忍和妥协。

当你明白抱怨无益，影响的是个人的职场形象和生活形象时，你已经迈出了重要的一步。

很多读者通过微博向我求助，诉说自己在学校在职场上的种种困惑。第一次我会耐心解答，认真帮他们分析问题，指出解决方案。很多人第二次又来问同样的问题，说我给的方法不管用——我和你不一样啊，你北大毕业，又如何如何，我却怎样怎样，所以……我反省自己是否真的设身处地地为他定制方案，拿出几个基于其现状的可行性路线。第三次依然来问，我也不会失去对他的全部信心，因为我的职业是老师，传道授业解惑是我的职责也是我愿意去为之奋斗终生的事业。可换了领导、同事和家人、朋友呢？他们是否有同样的包容和耐心？

房子会有的，车子也会有的，只是时间早晚。过程总是很辛苦，只有付出汗水，靠自己的努力得到的东西才能珍惜，这种得到在我看来，比富二代的不劳而获还要骄傲。更不要抱怨社会，每个国家每个社会发展的不同时期，会遭遇不同的麻烦与痛苦。

资源有限，竞争激烈，单纯一个名校的文凭，已经不是好工作的必要保证。上好的大学，在大城市生活，找份事少钱多离家近的好工作，这种预设本来就不容易达到，一旦达不到，很多人就觉得理想落空，于是开始抱怨生活本身。

这种受害者心态要不得，即使真的受了伤害，也得坚强起来。

"如何节制恶人，不是靠生气就能解决的。面对蓄意的攻击，你可以报复、抱怨、沮丧、自暴自弃、迁怒，但也可以自我检讨、寻求解决之道、奋发图强。"吴淡如写过一本《不生气的技术》，打算发火时就拿出来看看。

如果靠口头抱怨几句就能解决困境，这人生的游戏也未免太容易通关了。简媜说，不管什么样的命运版本，都有不足为外人道的苦处。"含着金汤匙的，说不定有刀刀见骨的豪门恩怨；穿草鞋的，说不定拥有笼中鸟艳羡的清风朗月。当然，有人会反驳说，金汤匙挖的山珍海味我们一辈子享受不到。这也言之成理，不过我越老越验证一件事，享不享受得到山珍海味，不是问你的口袋，要问你的胃。人生行路，挫败难免，视之为心灵疆域与智慧之河的再次垦拓。"

怎么样都得活下去，而且要好好活。与其抱怨还不如选择去做点事；与其去诅咒黑暗，不如去点亮蜡烛。不抱怨、不诉苦，感谢曾经努力过的自己，我相信这才是最好的努力与拼搏。

我们能不能少点套路，多点真诚

如果说向善是出发点，那前提就是真诚，真诚会引发力量。
真诚，每个人都能做到，快乐也由此而发。

刚学习做演讲，我接受了几百小时严格的培训。

老同事告诉我演讲要有个套路，开头以小故事引入，如何自嘲，3分钟设置一个笑点，夸大过去的成绩和苦难。最好让听众笑过之后再流眼泪，然后认识到你是一个英雄，你就成功了。

我花了很多时间挖空心思找笑话，改编段子，找名人名言，让演讲稿显得高大上。讲了一段时间之后，又学会了如何把一个个故事串起来，听起来热闹、有趣还有格调。

有段时间，我甚至用外企管理里常用的金字塔原则来写演讲稿。

"用一句话说，金字塔原则就是，任何事情都可以归纳出一个中心论点，而此中心论点可由三至七个论据支持，这些一级论据本身也可以是个论点，被二级的三至七个论据支持，如此延伸，状如金字塔。"

对于金字塔每一层的支持论据，有个极高的要求：MECE（Mutually Exclusive and Collectively Exhaustive），即彼此相互独立不重叠，但是合在一起完全穷尽不遗漏。不遗漏才能不误事，不重叠才能不做无用功。

凭着对这些套路的熟练运用，大三时我作为新东方的代表参加了CCTV"希望之星"英语风采大赛教师组比赛，拿了亚军。公众演讲中，听众和学生反应也很好，我的舞台从几十人的课堂逐渐扩展到成千上万人的礼堂和操场。

两三年下来，隐约觉得哪里不对，又不知从哪里入手改进。我并没想清楚问题所在，但我决定要有所改变。和鲁豫、乐嘉等导师对话时，他们问我为什么没有选择讨巧的哭穷卖惨加抒情路线，而是选择了 34 枚金币时间管理法这样严肃的话题。我当时的回答是："很多人演讲的套路是，我如何如何牛，有多辉煌的过去。听众可能有两种反应——你很牛，我怎么努力也追不上了，算了吧；或者是，你很牛，可这和我有什么关系？"

那一年，我还是没有大的改变。坦白说，很长时间不换演讲词，依赖于过去的成功，依然可以获得如雷鸣般的掌声。每年一两百场演讲，轻车熟路。

新东方每年一度的梦想之旅超级盛典是我们备战最认真的舞台，2015 年夏鹏老师临时做出了决定，现场构思"如果我的大学时代重来一次"。

10 年前，他和母语是英语的选手同台竞争，获得了世界演讲比赛的冠军，这项世界最高级别的英语大赛因为他的获胜在此后甚至改变了规则。

"如果真的回到 2003 年，变成那个小男孩，作为大一新生报到的时候，希望人生出现什么选择让我和现在不一样。可我没有办法再回去了。2003 年进入大学到 2007 年毕业，我干了一件在很多人看来是惊天地泣鬼神的事——代表中国参加世界演讲比赛。这是一个巨大的失败，因为从 2005 年参赛到今天为止，10 年过去了，中国没有人再取得这项比赛的世界冠军，而我仍然在讲这个故事。我为什么不能讲出比这更精彩的故事呢？"演讲一开始，夏鹏就反思了自己的局限，坦言读本科时为了挣快钱，匆忙进入了教育培训领域，大量的时间用来讲课，没有从其他途径提升自己，"周六周日原本应该在图书馆安静度过的时光，贡献给了课堂。如果当初我树立的是让中国之声传播世界的梦想的话，很有可能我现在不是在这个舞台上和大家分享，而是在联合国的会议大厅向世界宣布中国的崛起。目标完成产生了倦怠，今天所谓成功者的角色一次又一次跟大家分享10年前的故事。"

他清醒地认识到，年少得志，却成了自由路上的另一种枷锁。全新的演讲，大胆真实地自剖，赢得了经久不息的掌声。

那个晚上，我跟朋友说起这场演讲对我的触动，她一句话点醒了我——从高手到绝顶高手，你要战胜的只有你自己。

没错，我早就意识到不能依赖于过去熟门熟路的套路吃老本，但迟迟不敢创新提出自己的观点，担心无法赢得大众的共鸣和共情；我不敢讲述自己百分百真实的故事，怕不够精彩，甚至害怕面对过去那个失败的渺小的自我；我不敢顺着真情流淌讲下去，习惯了各种套路，各种从脱口秀和娱乐视频里学到的老段子，只因为觉得第一次听的观众会觉得新鲜有趣。

然而表面的繁华之后呢？除了热闹，什么都不会留下。听众甚至不记得其中的某一句话、某一个观点。

另一些更有社会经验的听众则会从你夸大的业绩中轻易听出漏洞。比如，有人说自己毕业后顺利担任最知名媒体的核心岗位，外行听众自然佩服，圈内人却明白，那家媒体有学历的门槛，即使是破格录取，也不会让新人第一年就坐到那个位置。有人说自己放弃高薪工作毅然辞职游历世界，其实只是放弃了月薪几千的临时工作用一个月时间走马观花地每个城市待一天而已。

再比如一些创业节目上，经常有人声情并茂地讲故事，有的没的也要把自己生活里的事和用户痛点扯上关系。比如自己经历某件事的时候，发现市场上并没有符合需求的产品，于是自己毅然辞去了年薪××万的工作投入创业战场。比如自己如何白手起家，最穷的时候一天只花×元钱。细想一下，以当今的物价水平，食堂里哪儿会有那个价钱的菜。

一旦听众发现了欺骗，就不会再相信你其他的话。

多说你，少说我，说出自己的心声，才能直击时代的痛点。

成功的表达没有标准，只要是真的感情呈现，就是好的。小学生写字画画，一笔一画都是认认真真、全力以赴的，我们缺的就是这个实在劲。

我换了新的演讲词，不会再反复告诉大家，要努力奋斗改变全人类，要让世界为你疯狂，我是如何成功和如何重要；更不会夸大说自己拥有怎样的豪车和豪宅（当然了，实际上我也没有）。

我只会老老实实地告诉你，我是如何走过来的，你也可以；在人生最低谷的时候我做了什么走出来，你也可以；无论起点有多低，我依然可以走出去看世界，你也可以。更重要的是，在这条艰难的道路上，要如何一步步前行，如何自律，如何管理时间，如何在职场上处理人际关系。我把自己走过的弯路和用血泪悟到的道理，一五一十地告诉大家。如果你能从中看到一丝光明和温暖，有一点点好的改变，我就心满意足了。

比起现场的掌声和欢呼，我更希望那束光照进你的内心，照亮你的梦想。

情场和职场，也充满了套路。人们不敢先付出，不敢真诚，怕被辜负，怕被轻视，怕那些掏心掏肺的真情换来一句"傻×"的评价。

勇敢也罢，实在也罢，我更多的是一根筋地在走自己的路。我想无论跨到哪界，真诚做事，给人以安全感，都能做得好。有的时候没有掌声，有的时候被人误解，也不要放弃。

如果说向善是出发点，那前提就是真诚，真诚会引发力量。

真诚，每个人都能做到，快乐也由此而发。

有些话说了，
可能一辈子都
没朋友

不必急于做出判断，且将一切交付给生活，还原事情的本来面目。
不说，有时是更大的智慧。

即使在英文、中文演讲的赛事中不断获奖，我依然不敢说自己是个"会说话"的人。

"会说话"意味着极高的情绪价值，既能通情又能达理，而我偏理性，一度认为只要自己说的是经过实践检验行之有效的，也是为了对方好的，就该说，就得说。那些日子，我用尽心力帮助别人，却几乎没有亲密的朋友。

那些明显是大忽悠的人，甚至是处心积虑欺骗别人的人，轻而易举地得到了朋友们的信任，而我只得到了"耿直 boy"的称号。

生活中的你是不是也经历过这种阶段？你天天为女友打水、占位上自习，她不舒服了你只知道说"多喝热水"，却不及隔壁小王几句贴心的话；你把所有工作都自己扛，做得越多被人抓住的错误就越多，升职加薪时却不及在领导面前善于吹风的同事；发现了朋友重大选择的失误，你苦口婆心，他不但不听，还因此疏远了你。

好好说话，先从少说错话开始。少一点想当然和自以为是，多一点感同身受的体谅。

哪些话轻易说不得？

1. 不能通情达理的话。

一些节目里，我感觉自己振振有词，简直是掏心掏肺地跟大家讲道理，讲那些自己走过的弯路，可观众不买账。说通俗点，是屁股决定脑袋，说文雅点，是不同的预设立场决定了人和人之间在价值观上的分歧。只凭借自己的经验说服别人，没有站在对方的立场考虑问题，没有共情就难以达理。

即使能"推己及人"也是不够的，你自己能行不代表别人也可以，我们责备别人没有做出坚强或最优选择时，没考虑到多元的背景。

去年冬天搭档发烧 39 度，两天没吃饭，还奔波陪我开会。我自己病成这样时通常继续工作，撑不住了再去打吊瓶，看到别人生病的时候就说要么多喝开水，要么去医院打针，没有安慰和照顾，即使我内心很想关心他人，表现出来的感情还是缺乏温度。

演讲也是如此，生怕冷场就滔滔不绝，强行灌输自己的价值观，反而不如和听众聊天拉家常的效果好。受众天天在电视上，在网络节目和视频里可以看到你的演讲，为什么要花时间成本，甚至顶风冒雪地来参加现场活动？他们想认识一个活生生的人，听你讲些别处听不到的消息。

2. 影响力达不到的话。

"你永远无法叫醒一个装睡的人。"所谓交浅不能言深，不要高估自己在别人心中的影响力。当 TA 先入为主地相信了某种预设，你的反对只会火上浇油。

我犯过很多次"为了你好"的错误。

一个朋友在公众号上连续发了几篇阅读量 10 万 + 的"爆款"

文章后，很多图书公司慕名而来。眼看着他要选择一家规模、策划能力堪忧的公司，当他询问我的意见时，我实话实说，表达了自己的疑虑。

"可是这家公司特别有诚意，编辑亲自从外地坐火车来找我聊，你说的那些公司就没这样热情，也没这么重视我的书。"朋友坚持签了那家公司，此后也很少和我聊天了。

过了一年多，他交稿半年后，签约前热情洋溢的编辑变得不冷不热，不说出版，也不说不出，新书遥遥无期，原本处于写作上升期的他因为没有作品出版，错过了最好的升值机会。看着同时出道的作者们带着新书去各地签售，悔不当初。

另一位朋友告别体制，开始创业，几次聚会他都带来了公司的两个核心成员一起吃饭。饭局上也不免聊起公司的经营进展。我发现，他的这两个员工，甲会做表面功夫，说各种好听的话哄老板开心，很少有实际操作的执行力，不干活或者把事情搞砸了，老板依然觉得他有业绩。乙则经常提出一些公司存在的问题，想帮老板防患于未然，尽可能减少损失，朋友却觉得他事多，心胸不开阔。

我提醒他，一个创业公司资金有限，不能太看重那些不做实事的员工，既不利于赢利，也容易让实心实意的人寒心。

"可是我就是不喜欢老看阴暗面的人，谁不喜欢正能量啊。"朋友坚持认为甲是公司的栋梁，对乙的建议充耳不闻。没过多久，乙辞职了，公司的三分之一项目陷入了瘫痪。

还有一位朋友，大学毕业后第一份工作就到了某卫视做一档栏目的主持人，红极一时。由于种种原因，一年后他的节目停了，每天出外景做地面活动，一个场子接一个场子跑，疲惫不堪，月薪也只有几千块。事业低潮期，伴随而来的是感情的破裂。女友家要求他必须毕业第一年就买房，才支持他们在一起。女友并不坚定，一个月后一句话没有讲就把东西从出租屋搬走了。双重打击使他很久没缓过来，还记得他失恋时的痛苦，酒一瓶瓶喝烟一根根抽。

两年后，他火了，拍了电视剧，养了金毛买了房。有一天打电话时，他说起有了新的女友，我安慰他苦尽甘来是好事，说那种不念感情、在一个年轻人最需要支持的时候没有拿到房子就分手的人未必是佳偶，好好珍惜当下的新女友。后来他再不理我，朋友圈也被他屏蔽了。很久以后看微博才知道，他的新人就是那位嫌弃他没房子而分手的前女友，我们通电话时他们正好在一起。

能清楚地认识现实并且自省的人是少数，人们只会相信他愿意相信的事。作为朋友，关键时刻要提点，但是否听取还要看他自己的决断，只有自己吃过大亏，才能真正懂得生活之味。

3. 可能给别人带来不便的话。

我的一位记者朋友小Y刚到报社工作时，领导让一个男记者指导她一起跑新闻。从找选题，到做功课，到设计采访提纲、现场采访、写稿子，男记者什么也没管。小Y依然感谢他，按照行业潜规则，把他的名字署在自己前面，这意味着将该稿件的第一作者署名让给了他，并且平分稿费。

有篇精心采访的稿子得了 A 稿，受到领导的表扬。没几天，一个平时不怎么搭理小 Y 的资深女记者突然跑来问她："是不是第 3 个小标题下都是你写的啊？我看这节的标题和前后几节不押韵，写作风格也和那个男记者对不上，前面两节像抄的。"

小 Y 不想被人误会抄袭，脱口而出："不会啊，那 4 个对应的标题是脱胎于一首并不常见的古诗，为了配合稿件，我还前后调整过顺序。"聊完小 Y 就把这事忘了，不久后闲话在单位传开了，虽然矛头对准的是那位男同事，说他压榨新同事，但小 Y 在很长时间里被他穿了无数小鞋，怎么解释都于事无补，这梁子算是结下了。

从道理和本质看，小 Y 没有错，她只是实话实说，主观上也没有诋毁男记者的意思。但在有心挑事的好事者那儿就成了打击人的利器。如果在女同事突然来询问时能多点警觉，多问自己几个为什么，职场初期的打压可能就会被避免。

薪水、婚恋、子女，乃至对一些敏感问题的看法都是隐私，要尊重别人的界限。

有时不太熟悉甚至是初次见面的人问起这些，我顾左右而言他，对方依然追问，或变相地套话，让人怎么回答都不方便。

如果还不说，对方往往会补上一句："我嘴很严的，你这是不相信我。"这就更尴尬了，一下子占据了道德优势。

我只能说："不方便透露具体的。"接下来，大家都不会太高兴，聊天也会草草结束。

不必急于做出判断，且将一切交付给生活，还原事情的本来面目。

　　不说，有时是更大的智慧。

讲道理也
可以很讲究

这个世界上每天讲道理最多的职业可能是老师。传道、授业、解惑都离不开道理。讲道理再容易不过，然而，懂了很多道理的人，大多数依然过不好这一生。

这个世界上每天讲道理最多的职业可能是老师。传道、授业、解惑都离不开道理。

讲道理再容易不过，然而，懂了很多道理的人，大多数依然过不好这一生。

那些通过网络、电视认识我的人，可能会觉得我是个聪明人——北大英语本科毕业，教英语几年间晋升为新东方近两万名老师中的十几位集团演讲师之一，上过一些电视节目，参演过网剧，写了一本励志书登上畅销榜……不了解我的人，甚至会认为莫非这又是一个"精致的利益主义者"？

然而，传说中的正能量演讲天才的光环并没有维持多久，过去两年间，我活跃在一档严肃的辩论节目《奇葩说》上，似乎老跟不上队友的节奏，显得嘴笨，逻辑不清晰，被广大网友誉为"蠢萌的直男"。

一期节目上，连蔡康永老师都看不下去了，向大家介绍我的书，他说："你们知道吗？艾力在台上为了保持绅士风度被你们狂轰滥炸，可他半年内写完一本书，评上了亚马逊的年度新锐作家。你们知道他有多努力吗？"当然，最后一句是我加的。

这转换背后的心理落差也是有的，以往的演讲比赛，我拿过CCTV"希望之星"英语风采大赛教师组全国亚军，而在这档节目里，我知道了自己的中文辩论能力并没有想象中那么好。做英文辩论习惯了，讲着讲着就变成了英文的语法结构，这在托福写作中是高分，在一个娱乐节目里就显得怪怪的，好像有什么奇怪的东西混了进来。

为人师表的架子端久了，自己的娱乐感不足，很多梗一时接不上，闹出各种笑话。我觉得，被笑也是好事，大家需要一个心宽体胖的人。当大家不知道要嘲讽谁时，就选择嘲讽我。这份调侃也是一种尊重，大家用另一种方式给我镜头，我不会生气，还给他们买酸奶喝。其实，最可怕的是被遗忘，在荧屏上毫无存在感。乐和归乐和，我还是认真准备每期辩题，把教练的意见和自己的想法都写在小本本上。

回想当初，《奇葩说》导演组找到我时，他们异常真诚地告诉我，这是个很严肃的辩论节目，我想都没想就答应了。过去才知道是这么个"严肃"法。我记得第一期录完后，口味太重，我一下子接受不了。我和另一位大学老师一起去找导演，说这也太夸张了吧。2014 年，很难想象有节目能有这样的尺度。

我如坐针毡，大家包括马东都在找状态。我之前也参加过一些节目的录制，娱乐节目也看过一些，这局面还是超出预计。5 分 35 秒开始，我就后悔，心想这要是播出去，虽然那些话不是我说的，但毕竟是我参加的节目，我以后怎么在讲台上为人师表。有几次，我都想毅然决然地直接离开现场，留下清高的背影。现在想，自己也是傻，我不懂现场录制和后期剪辑的不同，以为录的内容后期都会播出。

录完第一天，我马上跑去找总导演牟顿："导演，不行啊，我以后还得讲课呢。我以后还会有一些高端场合的演讲。这节目录成这样毁前途啊，要不然，给我打个马赛克吧。"从央视历练过的她很淡定："我知道怎么剪、怎么播，会把握好尺度，你不用担心。"

还好，当时没退出。如果当时一冲动就走了，也是遗憾。

当你确定要转换时，肯定会遇到挫折和自己没预计到的困难，但不要在不完全了解新行业时就放弃。

讲道理不只是灌输，更要通情达理。先通情才能达理。我的名字从艾力到大众熟悉的"艹 × 力"，习惯了自黑，才能放下包袱。

从小到大给别人解释名字时，尤其是电话里，我说"艾青"的"艾"，很多人不知道。我说，是自怨自"艾"的"艾"，又有人说，你不是说ài吗，怎么变成yì了？他们不知道这是个多音字。后来我介绍名字时就简化为"上面一个草字头，下面一个 ×"。

我想，自黑总比被别人黑好，有特点总比没特点好，从此走上了自黑的不归路。

马东说，被误会是表达者的宿命。

如今综艺节目的收视主力"90后""00后"对真实的要求会更高，最重要的是我们是否能够跟他们产生共鸣、共振，能不能进入他们的语态。你只有用观众能听懂、喜欢听的语言去阐释，他们才能真正接受。

原本我特别想说正经的东西，总是被误会成假正经、灌鸡汤。毕竟是娱乐节目，你那么一板一眼，不和大家在一个频道，是无法传递自己的价值观的。与其端着，不如放下架子，在玩笑中把道理讲了。比如马东被誉为"既能讲荤段子，又有文化的完美结合体"。表情最少、动作最少、话最少只是表象，马东总能在憨态可掬之下一招制敌。就如蔡康永所评价的："就像衡山派的莫大先生，悠悠琴声中就刺出一剑，气度非常从容。"

　　高得上去，低得下来。放下架子，何其自在。

◎累吗？真的累，但辛苦心不能苦。

如何用一场好演讲
改变命运

如果说过去的时代，会电脑、会开车、会外语是三项必备技能，在新媒体时代，掌握演讲这门技术，在职场和生活中运用得当，也会成为成功的利器。

英语：Hi everyone! My name is Nurali Abliz. I'm here today to talk about public speaking.

西班牙语：¡Hola! Me llamo Nurali Abliz, voy a dar un discurso público hoy.

法语：Bonjour! Je m'appelle Nurali Abliz,et encore le sujet de mon discours est le discours.

德语：Guten Tag. Ich heiße Nurali Abliz. Mein Thema heute ist öffentliches Reden.

俄语：Здраствуйте！Меня зовут Nurali Abliz. моя тема публичной речи.

（大家好，我是努尔艾力·阿不利孜。今天我来谈谈公众演讲。）

在长江商学院 MBA 班的全英文培训课堂上，我用英语、西班牙语、法语、德语和俄语 5 国语言开场介绍自己，同时在黑板上写下了：If you do not understand，say stop.（如果你听不懂，可以叫停。）学员们精神集中地听着，心里大概在想："这老师是老外还是什么，这是在搞什么培训？"

先声夺人、不落窠臼是一场成功演讲的必备要素。无论从事什么行业，优秀的演讲能力绝对是职场上强有力的一项竞争力。

我的主业是英文培训和演讲，去长江商学院给 MBA 班学员做全英文的演讲培训可谓是我的本行。

这些未来商界领袖来自世界各地，有不少老外，我先让他们尝试做一些短演讲，大部分内容让人昏昏欲睡。

大部分人和大部分会议上的演讲就更无趣了，内容假大空，不接地气。

如何做一场精彩的演讲，从而改变人生呢？

1. 用自我介绍先声夺人。

站在舞台上做正式的自我介绍，抑或和别人第一次见面时简单的自我介绍，比较傻的方式是上来就说自己有多牛，比较二的方式是上来就说自己认识某某某，好像认识了那些人自己也成了牛人一样。

好的自我介绍标准是让对方在不反感的情况下记住你。

用 45 秒讲自己做过的趣事，不涉及财富、地位等产生攀比的话题。比如爱旅游，曾经去沙漠徒步；爱厨艺，每天做不同早餐，搭配不同的鲜花……

练习时，找几个朋友，每人在纸上写下自己认为最有趣的 10 件事。大家一起讨论，打分，把打分最高的 3 件事作为介绍自己时的故事，再加入细节就可以了。

不同场合的自我介绍不同。由于在中国人面前，很多人把我当老外，我会用那个打出租车被当成老外，司机跟我说英语的故事来暖场，以"我来自新疆，我爸是维吾尔族，我妈是维吾尔族，我们全家都是维吾尔族"做结尾。

在大家已经知道我是新疆人不是老外的情况下，我就这么说："我的理想是周游世界，曾经去亚马孙雨林中看过最美星空；是暴雪游戏的疯狂玩家，主持过一系列游戏的全球发布会；也是一个青年作家，出过几本书，用文字抵御时光。"

2. 最开始简化主题，不要贪婪。

还有人问我，演讲如何幽默一些。幽默和风趣并不是演讲最核心的问题，核心在于把一个道理通过一个或几个故事印刻到受众的心里。

我们总是希望通过宝贵的公众演讲的机会展示自己，想一鸣惊人，于是忍不住在一场演讲中说很多道理，巴不得把自己知道的事都说出来。说理太多，受众反而一个都听不进去。任何东西多了就腻，很多重点就是没有重点。

过去叫主旨句，现在叫金句，本质都一样——把一句话刻到人们心里。不管是马丁·路德·金的 I have（我有），还是乔布斯的演讲 stay hungry（求知若渴），还是雷军的站在风口猪也可以飞起来，这些观点通过一篇演讲被大家记到今天，已经是莫大的成功。

科学研究表明，人在短时间内记住 7 个重要的事物是极限，一般来说 3 个比较好记。很多领导的发言是，我今天只讲几点，首先……其次……再次……然后……最后……补充一点……其实讲到第三点以后就没人想听了。

即使不是大型的励志演讲或者比赛演讲，只是工作汇报抑或学校里做的 presentation（展示），核心也最好围绕 3 点来讲。

假设项目组汇报，有十几个分支呢？在有限的时间内把 3 件事情说清楚就可以，其他的可以通过书面资料呈现给大家，听众舒服，自己也讲到位。大部分演讲者犯的错误，是打开 PPT 自己照本宣科。国外有种讽刺的说法叫 PPT 卡拉 OK——自己读得累心，听众听得糟心。

金句的好处在于让人通过一句话记住你的演讲要表达的思想。

什么样的句子能流传呢？

大多是令人拍案叫绝的类比。

比如我写父亲的那篇演讲稿《真正的成功是点亮更多人的人生》中，说到成功的人生像路灯一样，点亮别人。这种意象产生的画面感会让人们记住。

再比如，谈到"没有爱了要不要离婚"这个话题，马薇薇的金句："你没有爱了，你需要陪伴，养条狗呀。"谈到社交话题时，姜思达的金句："你和那些远在天边的人交朋友，你以为人家是你的一生挚友，其实你不过就是陪了个酒。"

3. 故事！故事！故事！

确定了核心主题，不管是 1 个还是 3 个，每个主题要找相应的故事。

几乎所有的演讲者都会看史蒂夫·乔布斯在 2005 年斯坦福大学的那场精彩演讲。

伟大如乔布斯，他的开场不是"同学们，我要语重心长地和你们说几点，你们要认真听"，他直接告诉大家，没什么大不了的，就说3个故事。

自信，因为他深知真正吸引人的不是道理，是故事。

我的演讲不喜欢讲故事，很多老师一个故事能讲10年，我就想，不能这样，得讲道理讲方法。开始还行，后来觉得道理讲起来很虚，听众听得索然无味。

我心里埋怨过听众："我是为了你们好，给你们讲有用的东西，不是讲故事糊弄你们开心，过后什么改变都不带来。"

每次想好讲一个道理之前，找到一个能阐释它的故事。

问题又来了，我讲故事能力不强，学生没反应。

为什么？缺乏细节。

好的故事源于细节。小说家和编剧写的故事，读文字已经如在眼前。

人们对具体的故事中的人，容易产生共情，吸引也由此而生。

即使讲同一个道理，不同听众也需要不同的故事去打动。给下级讲的故事和给上级讲的不同。做汇报时和做工作任务安排时讲的故事不一样。

最好的故事是对任何人都可以讲的，就是自己的故事。你的演讲用自己的亲身经历去讲会更加打动人，这是无法复制的经历。但凡经典的载入史册的演讲，几乎都和自身相关，和内心相连。

没故事的人，要么凑合着用别人的故事，要么向内挖掘。好的演讲者是有故事的人，这不是巧合，是必然。

"好故事"就是值得讲而且世人也愿意听的东西，要独创，不要复制。锻炼自己讲故事的能力和思维，推荐阅读罗伯特·麦基的《故事》、布莱克·斯奈德的《救猫咪：电影编剧宝典》、拉约什·埃格里的《编剧的艺术》，从好编剧身上学习如何讲好一个故事。

4. 克服紧张感。

如果只讲一篇文章，想不紧张很容易，背上几十遍，背熟。再牛的人演讲不熟，也会产生紧张感。

对某一次报告或演讲的紧张的克服，需要至少 12 次练习。三五次很难产生深刻的记忆，太多次数对初学者来说容易疲惫，很难做到。经过 12 次背诵和练习，对文章的篇章构成、脉络设计、难点和痛点都比较熟悉了，也能在此基础上加入一点个人发挥的成分。

不要对自己有太高的要求，10 分钟以内的演讲，可以逐字背诵 12 遍，对于几十分钟甚至一两个小时的长演讲，只需要把文本大致过一遍，厘清思路。没有惊奇，就不会有惊吓。

长期的气场养成后，就算到了现场忘词也不会紧张。

历事多，面对新情况就不容易紧张。

上回去好莱坞采访时，已经是第二次去美国，对于当地的文化场景很熟悉，为了让自己在第二天和大腕们的对话更流畅自然，提前一天去踩点，把所有流程提前走了一遍。不仅仅是现场，把洛杉矶附近的地方都走了一遍。

游戏的升级标准叫 experience（经验），每一次过关靠的不是智力值和体力值，有经验值才能升级。

如果说过去的时代，会电脑、会开车、会外语是三项必备技能，在新媒体时代，掌握演讲这门技术，在职场和生活中运用得当，也会成为成功的利器。

◎不必急于做出判断，且将一切交付给生活还原事情的本来面目。

◎不说，有时是更大的智慧。

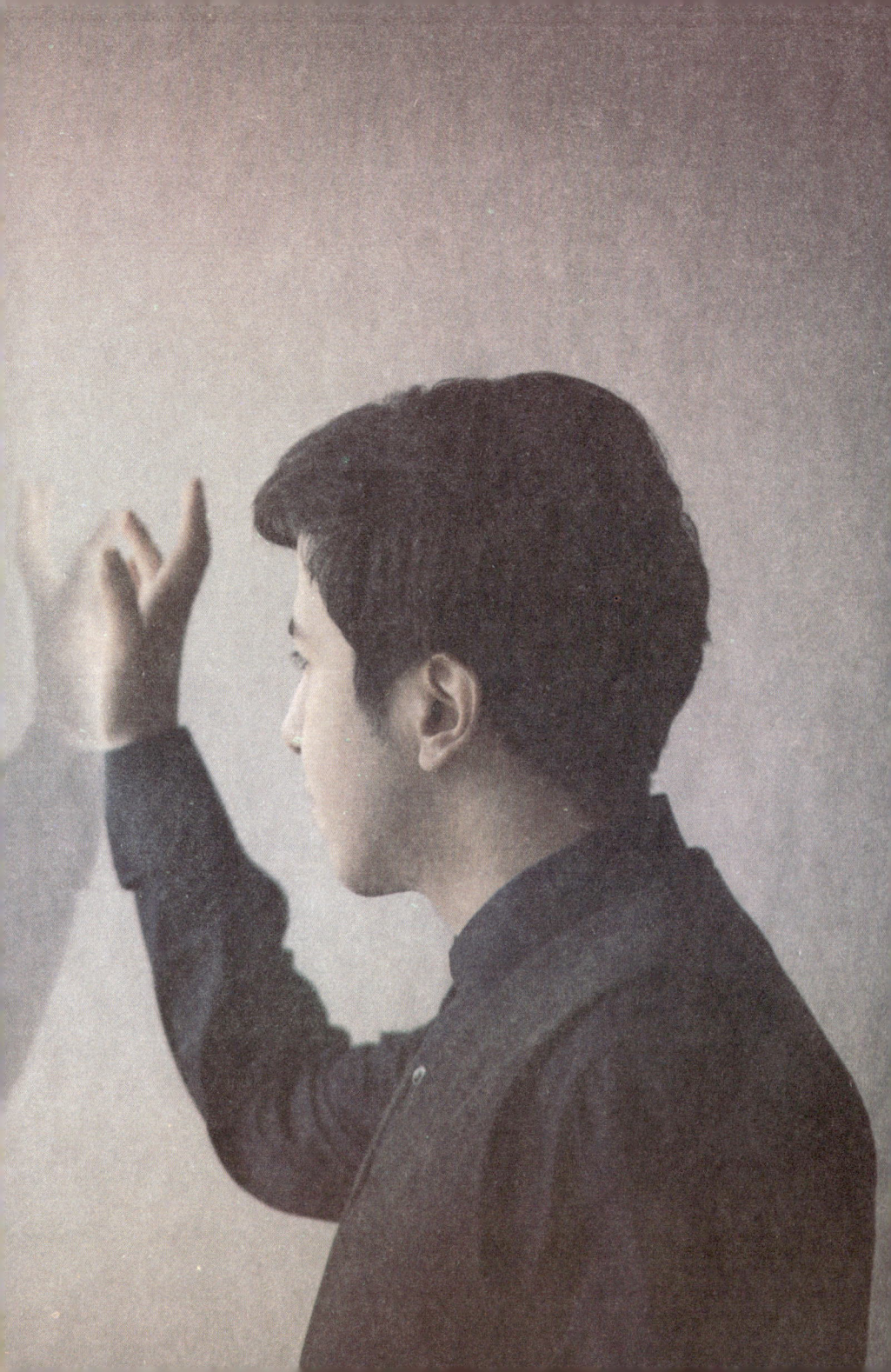

Four

时间管理
成为达人的必经之路

把所有生命
批发给自己

没有人可以对抗时间车轮，我们像是往山上推石头的人，日复一日不停不休。也许永远不能把石头推到山顶，但我们还是努力前行，我们的人生就会在不断的自我管理、自我调整中变得更美好丰盛。

每天看几小时视频节目，再刷几小时微信公众号和微博，不用担心，你会离梦想中的生活越来越远的。

2016 年 8 月 14 日，美国西雅图，中国 DOTA（刀塔）Wings 战队，获 DOTA2 项目世界冠军，几个小伙子赢得了 6000 多万元人民币奖金，登上央视新闻。很多不懂游戏行业的人惊呼：玩游戏都能挣这么多钱，不公平。

根据第十届中国作家榜公布的数据，排名第一的作家江南在 2015 年版税为 3200 万元。如果按照普通畅销书 3 万册的门槛来说，一个普通畅销书作者一年的版税收入是 10 万元左右。

传统教学模式下，顶尖英语老师和普通老师的课时费差距大概是 10 倍，而在新媒体时代，最受欢迎的老师通过录制网络视频课程及直播等新形式，1 小时的劳动所得可能会是普通老师一年甚至几年的收入。

现代社会，这种天文数字般的收入在各个行业出现，顶尖 1% 的人远远甩开了 99% 的人。站在金字塔顶的人会挣得越来越多，赢家通吃的时代已经到来。

与此同时，信息高度爆炸的世界裹挟着每一个人。

对大众而言，今年和去年、去年和前年的生活变化不大。越穷越忙，穷忙不停，头发白了，腰围粗了，心态浮躁了，事业却不见起色。上班时间习惯性地打开视频网站，看各种同质性很强的影视剧和综艺节目。这些碎片化信息也是在网上发牢骚，聚到一起抱怨、八卦的谈资。

作家海岩有个观点："信息时代，信息不是最重要的，甚至，真相也不是最重要的。最重要的是躲避。信息无限多，而人的生命是有限的。"

他在知名企业的管理者、收藏家和超级畅销书作家几种身份之间转换游刃有余，每部作品都预先感知到时代的风口。但他获取信息是通过看报纸，手机报。

躲避无用信息也躲避了很多八卦的干扰。比如有人跟他说，谁在网上说你坏话了，海岩的态度是"那别告诉我，我真不想知道"。

这和"断舍离"的精神是一致的。

当下这个世界里，人们被"过剩"困扰着。

过剩的需求，过剩的信息，都迫使思考停滞不前。

世界从来没有公平过，未来也是如此。

经常有学生问我：这世界为何如此不公？有的人生来就好看，可以当网红做直播；有的人天生智商高，随便一考就上北大、清华；有的人家里有钱，坐拥数套房产，不必和我们一样为了租房发愁。

小说《北京折叠》里讲了一个未来世界不同时间和维度的故事。

在不同的空间里，分门别类住着不同的人，第三空间是底层工人，第二空间是中产白领，第一空间则是当权的管理者，不同空间的人对于时间的使用权和社会地位截然不同。作者用时间来隐喻阶级的流动固化，鸿沟加宽。在未来可以折叠的北京，上等人拥有的不只是财富，还有更多的时间。

好在，这只是科幻小说里的故事。

所有的事情里，只有一件事是公平的——时间。

现在生活的时空中，你有 24 小时，马云、王思聪也有 24 小时，你却把唯一公平的资源忽略了，如何打翻身仗，改变人生？

人与人的差别很大程度上在于对待时间的态度，那些金字塔顶的人把最公平的资源用到了极致。

少年时代我喜欢看蔡志忠的漫画，他的天赋无须多言。论绘画，他是享誉中外的知名漫画家，出了 1600 本画册、300 本书；研究物理，他闭关 10 年；打桥牌，他连续 10 年代表中国台湾参赛。

对他来说，时间好像是无穷的。

不出席宴会，最高纪录坐在椅子上 58 个钟头，42 天不打开门走出去。天黑就睡觉，醒来就是第二天。

给时光以质量，给岁月以成就。

他把所有的生命都批发给自己，不再零售。

我从没见过一个年薪百万的人会用"打发时间"来描述自己的生活，出国和优秀的老外共事，也没见他们 kill the time（消磨时间）。

脸书创始人马克·扎克伯格有一种时间观——我们每个人刚好有

足够的时间完成工作，与此同时，我们却没有一分钟用来浪费。这种不急不躁又不懒不堕的时间观，也是世界级年轻富豪的秘诀。

不在简单的事情上浪费时间。马克·扎克伯格在各种场合穿看上去一模一样的灰色 T 恤和牛仔裤。我也是这样，衣架上有五六件同款的黑衬衫，两三条简单的裤子，冬天在外面套件厚外衣。从起床到出门只需要 5 分钟。多出来的时间，用来录制当天的教学语音以及自学西班牙语。

而大部分人对时间的态度是浪费和打发。周一到周五凑合着上班，周末无所事事。从早到晚，年初到年尾，精神高度紧张，效率未见提高。

小朱的勤奋在朋友圈是出了名的，永远跟打了鸡血一样，风风火火，日程表比我的还满。和他约一次饭要提前三四个月，他总是在见面前几小时放鸽子，理由大都是公司临时要开会，上司临时给了自己一个文件要处理。

偶尔坐下来吃顿饭，他也要拿出手机不停回复工作信息。他像是插满了电源线的插排，各种琐碎工作像吸取能量的三相插头，有些插头的线还会缠在一起。时间久了，牵一发而动全身，似乎无论拔掉了哪个插头，整个系统都会崩溃。

这不是充实快乐的忙碌，更像是从一个救火现场到另一个现场，忙归忙，时间却不能控制在自己手中。这种毫无章法的忙碌说明时间管理出了大问题。

如果不关照内在，以最优解管理时间，生活一地鸡毛。

强调时间管理的我，上本书出版后的 4 个月时间里，除了在新东方教书，几乎每周去一两个城市讲座签售，或参加综艺节目的录制、影视剧的拍摄以及各种颁奖典礼。不知不觉间有些膨胀，把那些社会活动和讲课的时间列在时间规划表上以后，留给自我提升的时间明显少了很多。

每天被各种计划外的工作推着往前走，主观上认为自己很忙，内心里又有一点小自满，觉得涉足的领域足够多，还在每个领域都有了一些拿得出手的成绩，不想有更多挑战了。

而对于未来，有了前所未有的迷茫。接着写一本书，觉得操之过急，还有些担忧，如果不被读者认可会打击以后写作的信心。此外，我更在意他人的眼光，那些在我写第一本书时就泼冷水的人会继续说：你看，我就说他不是写作的料，书没人买。就算上本书有人买，也不过是一本书的作者罢了。不写，感觉又无趣。回望过去的一年，不时想起自己的错误和连累搭档吃的亏，那么多美好的经历依然不能掩盖自责的情绪。

这一百多天对时间管理的疏失带来的后果是：工作凑合交差，新东西没学几样，节目上表现差强人意，体重从 68 公斤到 80 公斤，六块腹肌变成了一块。

除去那些所谓的客观因素，我们对时间的态度是正确的吗？如果不正确，如何改变？

普通人和牛人之间最大的区别就是对时间的控制力和对诱惑的

态度。

"生活就是诱惑。生活，其实就是在抵抗诱惑：是答应还是拒绝，是现在行动还是延后行动，是冲动还是沉思，是放眼当下还是放眼将来，所有这些都是生活之艺术。那些我们平日信守的道德规范在某一刻的冲动到来之时往往不堪一击。"美国著名的心理学家菲利普·津巴多（Philip Zimbardo）认为时间可以分为三种类型——过去、现在与将来。所谓时间维度（time perspective），就是每个人如何将个人体验划分到不同的时间区域的问题。

现在导向（present oriented）——行动基于对眼下的事情以及结果的考量

过去导向（past oriented）——行动基于对过去的事情以及结果的考量

将来导向（future oriented）——行动基于对将来的事情以及结果的考量

而时间悖论（time paradox）指的是有某种东西会对你做的任何决定都产生很大影响，但是你却完全不会察觉到其存在，这种东西就是一个人在以下 6 种时间态度上的偏见：

过去积极主义 PAST TP—FOCUS ON POSITIVES

过去消极主义 PAST TP—FOCUS ON NEGATIVES

现时享乐主义　PRESENT TP—HEDONISM

现时宿命主义 PRESENT TP—FATALISM

人生目的导向主义 FUTURE TP—LIFE GOALORIENTED

转世主义 FUTURE TP—TRANSCENDENTALLIFE AFTER DEATH
OF THE MORTAL BODY

这6种时间态度，看待过去时，你会选择总是沉浸于悲伤中无
法自拔还是从过往的经验中积极快乐地汲取力量？面对现在时，你
会持宿命论观点，觉得自己做什么都无法改变，还是享受当下的点
滴？迎接未来时，你会以目标为导向做好规划，还是认为未来自死
后开始？

简单说，时间观的核心问题是解决一个人如何看待过去、现在
和未来。健康、理想的时间观，是积极看待过去，享受当下，以具
体目标拥抱未来。那么，管理时间的核心相应的解决方案就是：

1、确定目标；

2、认真执行；

3、善于总结。

没有人可以对抗时间车轮，我们像是往山上推石头的人，日复一
日不停不休。也许永远不能把石头推到山顶，但我们还是努力前行，
我们的人生就会在不断的自我管理、自我调整中变得更美好丰盛。

◎高得上去，低得下来。放下架子，何其自在。

建立自己的
时间病历

在人生要做出抉择的每一个关口，如果生命也能存档，记录下某个时间点，也许就能更加无所畏惧地向着未来拼搏。

可人生没有如果。

现实是，这个存档点不可能实现。但我们至少可以记录在那一天、那一段时间的状态，在探索未来的漫漫长路上，不会忘记过去的教训。

打单机游戏时，很多人有个习惯，在要打大 boss 的关键时刻，先存档，即便失败了也不至于从头再来。这样的安全感让人玩的时候可以放开手脚。

在人生要做出抉择的每一个关口，如果生命也能存档，记录下某个时间点，也许就能更加无所畏惧地向着未来拼搏。

可人生没有如果。

现实是，这个存档点不可能实现。但我们至少可以记录在那一天、那一段时间的状态，在探索未来的漫漫长路上，不会忘记过去的教训。

时间管理在规划、执行之后的第三步是记录。

不记录等于未发生。不记录会带来 3 个令人头痛的问题。

1. 未来最容易出现的事就是犯重复的错误。

读史可以明智，人类通过不断回顾历史避免错误。回归悲惨最好的方式就是忘记历史。

当我工作压力大时，坏习惯是懒得收拾屋子，丢三落四。我前后丢过 3 次钱包，场景相似，都是急匆匆赶去下一个工作现场的途中落在出租车上。身份证、银行卡要一一补办，浪费了大量的时间。

每一次，我都在心里告诫自己，下次不要再粗心。然而，没有笔头的记录、认真的回顾，我又丢了 2 次钱包。

减肥也是如此，我无数次发誓过午不食保持体重。从法国游历半个月回国第一天，我一清早点了大盘鸡外卖，午饭请朋友吃饭选择了海鲜自助，下午跟另一个朋友吃了牛排，晚上9点去吃了火锅，凌晨还吃了方便面。不记录，欲望就无法受到节制，大脑不受控制，体重更不受控制。当我把这一天的经历记录在本子上，每当翻看，都提醒自己控制欲望。

　　在课堂上，我的教学经验是，最好的工具是错题本，错误是顽固的。批改卷子时我发现，90%的错误之前都犯过，改正了固有的错误，学生的成绩就会显著提高。

　　这个坏习惯也可能是易怒的性格、轻信于人的毛躁、过于悲观导致的效率低下，将这些难受的时刻记录在笔记本上，每周、每月、每年拿出来回顾，不断提醒自己吸取过往的教训。

2. 忘记曾经的美好。

　　大二时，我被选去日本当交换生。这是我第一次出国，对一切充满了好奇。父亲让我记日记，我只是口头答应，到了日本每天想着要好好玩，活在当下。

　　在日本的日子，我和寄宿的家庭相处融洽，去筑地市场看早市拍卖，和世界各地的友人谈天说地。直到回国前一周也没写下一个字，觉得那些难忘的东西会在心里记一辈子。

　　回国3个月，当我想为这段生活写一篇文字时，好多有意思的经历，已经回想不起细节了。时隔六七年，当我写书时提起那段生活，能记起来的事就更有限了。

3. 容易错误地放大自己白忙的感觉。

有个词叫"穷忙"，感觉自己一天特别忙，做了很多杂七杂八的工作。一个月或一年后，回顾一番，没看到自我成长和进步。要记录发现自己做了哪些事取得了哪些成绩，而不只依靠主观的感觉。

那些感觉自己每一天累得喘不过气的人，如果真正开始记录一天的时间，会发现真正有效的工作时间不超过 4 小时。很多人早上回复邮件后开始玩游戏、刷微博、刷朋友圈，抽空还上淘宝购物。午饭之后午休 1 小时，下班前突击工作一阵子。不但下班时感觉特别累，还有可能因为拖延没完成任务而加班。这一天，你真正做了什么吗？并没有。其实我们都没自己想象中那么累，用主观的忙碌代替了客观的悠闲。

既然不记录有如此多的副作用，为什么大部分人还是做不到？仅仅是一个"懒"字吗？

时间记录甚至比时间规划还重要。想真正改变自己，这是必经的一步。

身体生病了，我们去医院看病，医生要依据过往的病历加上当时的诊断来判断我们的身体出了什么问题。时间管理上出了问题，时间记录就是病历。

我个人的时间病历从 34 枚金币时间管理法中得来。把每个月到每年的彩色图表标记出来，很容易发现哪些时间段红色拖延的时间特别长，从而反思当时为何有那么多拖延的时间，是因为自己的骄傲自满，还是压力所致，抑或是工作安排太紧密、生病导致无法

175

顺利工作？

说到底，34 枚金币时间管理法不是规划时间，而是记录时间的方法。

记录时间的方法多种多样，柳比歇夫在《奇特的一生》中谈到每分钟记录时间；曾国藩有日课；富兰克林有每周回顾；苏格拉底和亚里士多德也有各自的方法记录。这里列举 3 个最常用的方法：

1. **写日志式日记。**

我一度不太习惯写日记，觉得自己是糙汉子，对日记的印象是风花雪月的无病呻吟。日记是对当天感受的记录，对一件事可能有很多感想，写得很长，实际上那一件事只发生了半小时，还有 23 个多小时做了什么并没记录。

写日记时进行简单分类，每天记录改成 5 部分。

◎**感悟**

很多事不能看表面，不能总选那个让你舒服的人，要认真听取他人意见，不要自我膨胀。

◎**3 件有意义的事**

做了一场公益演讲；读完了《罗马人的故事》；跟一位内容创业的朋友吃饭，获得了新知识。

◎**最傻的事**

武断地误解别人的好意，拒绝了新的合作机会。

◎**最感恩的人和事**

伙伴在我工作计划有变的情况下独自完成了项目。

◎**每日金句**

平和是一种高级生存智慧，要靠学习和修炼取得。大人物都修炼每临大事有静气，那是因为只有静气才能够心不乱神不慌，才能够英明决策。

——池莉

第一部分，当日感悟，就是原来的日记。第二部分，今天做的3件有意义的事，一天中能做3件值得做的事就没太大遗憾。第三部分，做得最傻的事。记录傻事是为了提醒自己不要再犯同样的错误。第四部分，最感恩的一件事或一个人。最好的时间观念是从过去找到乐观的事，通过这件感恩的事，感受到心里的温暖。对好天气说声"谢谢"也是好事。第五部分，一句话总结今天，可以是印象最深刻的一句话、读书时看到的名言、别人的金句。

2. **用音频、视频记录。**

《火星救援》中，马特·达蒙饰演的男主角每天对着摄像机对自己说一段话，在那些孤独的日子给自己力量。不习惯打字或文字表达的人，可以用视频、音频来记录，这种方式方便快捷，也能看到自己每天的变化。说的内容可以是前面提到的那5点，规定自己在一两分钟内说完。

2016年6月2日 ⋮

魔兽、吴彦祖、邓肯、葆拉、暴风城王座、蹲马桶……
儿童节的第二天圆了青春期的梦～下一站好莱坞见！

3. 每天拍照记录。

这里的自拍不是用美颜相机反复 p 图来凹造型，而是在每天最有意义的一刻拍照，记录下感触。见朋友、看美景、取得成绩、悲伤难过，都值得记录。在当天情感波动最大时拍一张照片，也许不用来发朋友圈，但是要留给自己检视过去。

哪怕过一年再回顾，你依然可以立刻回想起那一天发生的事，看到自己的改变。

将 365 张照片浏览一遍，会清楚地看到自己一年的经历和变化。

你要问我说，看到这篇文章时今年已经过去一段时间了，现在开始记录还来得及吗？或者问我，记录后中断了很长一段时间，还要继续记下去吗？有意义吗？

不管你忘记了多久，从今天开始记录。如果中断，就从想起来的这一天恢复记录。

人生永远没有太晚的开始。

The Infinite
Possibilities of Life

下一个 3 年
你会在哪里

在多元的世界里，从未失去过对长久目标的信心和勇气的人，最终会得到彻底和完整的人生。
当你拼尽全力，理想也会更快地来迎接你。

经典的心灵鸡汤里通常都有这么一句话：钱买不了幸福，幸福与金钱无关，与内心相连。

幸福是否和金钱相关是一个问题，即使有了钱，如何花才能得到快乐，又是另一回事。

白岩松那本畅销书《幸福了吗》引领了好几年全面谈幸福的话题。你感到幸福吗？上次觉得幸福是什么时候？

幸福源于目标感。让每个人感知到幸福的东西不同，也许是一所大房子，也许是一个亲密爱人，也许是扬名立万……要在对生活的探索中，知道自己不要什么，更要知道自己要什么。确立目标，执行实现，在这个为目标奋斗的过程中，你的精神、身体都会有所响应。人生有目标才有幸福，并不是一句空谈。

前同事 M 的原生家庭没有太大压力，他也有个不错的女友。可他总是找我借钱，开始时表现得羞涩和不好意思，我也没问缘由就借了。很多次之后，我好奇薪水尚可的他为什么那么缺钱。

理由有好几个，先是表姐的三叔的七舅姥爷说买股票能挣钱，他借钱买了之后赚了一点，没多久股市跌得一塌糊涂，投进去的钱打了水漂。

股市这条路没走通，M 君把目光投向了房地产。

有人告诉他天津有套房子，每平方米 4500 元，很快通地铁后就会涨价。他搭客户的大巴车去实地考察，在那个没有业主人住，连超市都没有的小区，他心里一万个不踏实，但还是没经得住诱惑，当场下了单。回来上网查资料，发现那套房有价无市，无人接盘。

最后一次借钱时，我问他："哥们，你有没有想过3年后会怎样？哪怕你把哪一次借的钱用在学习和进修上，生活也会有好的改变。"他摇了摇头说："3年之后的事谁知道呢，我的直属领导那么年轻，短时间内不会升职，自己顶替他很难。要是跳槽去别的公司呢，别的工作又不会。"

3年时间，最悲惨的不是欠了债，而是时刻觉得没有奔头，幸福感为零。

小到去喜欢的餐厅吃一顿饭，大到环游世界的目标，都指向了一个词——幸福。宏大的计划和长期的规划，得到的不仅仅是小确幸，而是大幸福。

不妨把3年作为一个周期来规划全新的人生。

接下来的3年如何度过？ 3年后的你要在哪里？过上什么样的生活？

2013年的我是一个只会教英语的老师，一个本科毕业两年的新鲜北漂，没怎么出过国，只在北大读书时交流去过日本。那一年，我给自己的目标是：走出去。事业上，要走出去，不仅仅在几十人几百人的课堂上教英语，还要影响更多的人，通过英语和时间管理两项技能让他人的人生更美好。生活上，要出去看看世界上最美丽的风景，认识更多优秀的人。

6月，受到俞敏洪老师的鼓励，将"成为新东方最好的英语老师之一"作为职业上的主要目标。

7月，恢复健身计划，并定期晒图公布体重，请网友们监督执行。

8月，我第一次建立早起团，只要连续21天在微博上打卡早起的人，我自掏腰包，包邮给完成者送礼物。

9月，我有了想通过互联网影响更多人的计划，开始策划、录制《酷艾英语》免费网课。

用3年的时间，检视当下，复盘时间。

我成为新东方近两万名老师中的12位集团演讲师之一，也是有史以来最年轻的集团演讲师。

体重常年保持在65公斤，有6块腹肌。定期发微博晒图请网友监督执行，一旦发现暴饮暴食疏于锻炼导致体重反弹，就要给大家送话费。

每天，全国有几千人和我一同在7点前早起，开始读英语、健身、认真工作和学习。单是寄出的奖励礼物，我的花费已经超过30万元。

《酷艾英语》系列视频点击量从五千次到五千万人次，也因为它的风行，我受邀录制了《超级演说家》《奇葩说》《老外看东西》等节目及CCTV的纪录片，被更多的人认识、了解。

完成了第一本中文书《你一年的8760小时》，获得各大网站的年度励志作者、新锐作者奖项……

回望过去的一千多个日夜，制订目标规划时，我没有过多假设要取得哪些具体成就，规划基于两个核心点：

1、更大的平台和发展；

2、帮助更多人通过自己的努力过上更好的生活。

有了这些想法，具体的实施中会因为各种机遇、幸运去实现更多未曾设想的美好。

迷茫的你如何找到那个能为之奋斗 3 年甚至一生的长远目标？

1. **走出去，才能发现更好的未来。**

如果只着眼于自己的小圈子和眼前的生活，参照身边同学、同事的轨迹，容易心满意足。

很多励志故事有着惊人的相似：去大城市或者出国一次，回家后毅然改变了自己的人生轨迹。我自己也是因为大二去日本交流产生了很多新的想法和规划，立志 30 岁前走遍世界，掌握 5 门外语。舒适区和生活圈之外的大世界给予年轻人的冲击力是巨大的，胜过书本上和电视里的感受千百倍。

怀着探险的心情去看世界，从未见过的美好画面，生活常规之外的新奇事物，先进的理念和高素质的人群……当我们走向远方，会更明了自己期待的生活方式。这种不一样的观察态度引发的不同想法，会让人重新定义很多事物的相对价值。奋斗的方向会更明确，会修订目标，找到一个更大的梦。

在自己熟悉的环境中，也可以和不同领域的人聊天，接触不同行业的新动态。不去主动做这些改变，很容易就在自己的小世界里钻不出来，眼前的天地越来越窄。

过去一年的 8760 小时，我在大都会博物馆看那些课本里见过的名画，在圣马可广场吃墨鱼面，到普罗旺斯看薰衣草，去洛杉矶出席电影《魔兽》首映……走出去，才能发现更好的未来。

2. 侧重目标达成场景，不纠结于过程。

从古至今，具体的场景可引发共鸣和行动。

马丁·路德·金那篇著名的演讲《我有一个梦想》中，用的都是场景描述——"有朝一日，那里的黑人男孩和女孩将能与白人男孩和女孩情同骨肉，携手并进。"

写作时，我也会用"场景"激励自己：试想书的封面是怎样的；散发着油墨香的书一本本送到读者手上；新书发布会上，和俞敏洪等尊敬的师长对谈；签售时跟读者分享自己的经历，彼此温暖……

这些梦想，在最艰难时会激励你。

如果你是偏重图片思维，善用思维导图的人，建议画下心中期待的场景；如果擅长文字，就写下来。当这些场景在你的脑海及书面上呈现出来，你就已经给自己找到了一个目标。

3. 定好大目标，不急于细化。

不要急着去想失败的结果和那些成功需要付出的代价。

刚开始就把精力用在消极的一面，思考每一步的可能性以及将要面对的难题，很容易自我怀疑，告诉自己别做白日梦，凑合活着。

真正实现梦想的人，不为失败找借口，只为成功找方法。如同逆流游泳，全力拼搏时的斗志在别人看来不可思议，而身在其中的人顾不上自怜，努力中便发现了自己的洪荒之力。

　　对于大多数个体而言，工作的环境是固定的，很多人常年在同一个公司做着同一个职位的工作。日程是固定的，6 点起床赶地铁，朝九晚五已是奢侈，拖着疲惫的身子回到家叫外卖或者吃完饭洗完碗已经是九十点钟，惰性让人不想学习和锻炼。朋友和同事是固定的，有些工作的封闭性让你见那几个同事的时间比见家人的还多。

　　在这些固定和程式化的生活之中，有什么能让我们与众不同，成为那个独一无二的自我？其实是为了梦想而制定的目标。

　　在多元的世界里，从未失去对长久目标的信心和勇气的人，最终会得到彻底和完整的人生。

　　当你拼尽全力，理想也会更快地来迎接你。

把马拉松分解成
420 次百米冲刺

不时让自己喘口气，为的是更好地熬过那些喘不过气的时刻。

听讲一时爽，执行拖半年。

我每年去全国做几百场演讲，一两个小时的演讲，讲到同学们眼中闪着梦想和希望的火花，大家纷纷表示，要跟我一起早起、读书、健身。明天，不，现在就开始行动，要拼搏一场，不辜负时光。

让这么多年轻人不再迷茫是老师的职责。几年里，我陆续收到来自世界各地的感谢信，他们说，听过我的课，真的改变了自己，变成了更优秀的人。

我很欣慰。

欣慰之后，又有疑惑。

假设每年150场讲座，听课人数从300到3000人不等，少说也有10万人听过我的现场演讲，通过《酷艾英语》《老外看东西》酷学网直播等途径听课的人更是不计其数，那么多人中，真正坚持长期执行计划从而改变自己的就这么少？还是有很多人改变了却没有写信？

后来我做了一个实验，去某学校演讲时，我嘱咐一个报过我网课的同学做调查，看身边人有什么变化。讲完当天，大家的反应是：啊，老师讲得太棒了，我要向老师学习，要改变！要努力！要奋斗！

第二天：啊，听得太爽了，可是接下来我要做什么来着？

第三天：啊，老师真幽默，哈哈哈……

一周后，回到原点。

要想成就最大的目标，首先要有个奋斗的方向，而不是瞎闯。一个人最痛苦的就是没目标。

"先定一个小目标，比如挣一个亿。"王健林的这句话走红网络，联系上下文看，他指的是万达已有相当规模、走向国际以后他为企业制定的战略。当年，王健林提出要挣一个亿的时候，公司就有人站出来反对他，说他是"说胡话"，但王健林坚持认为：只有先定目标，才能去奋斗，即使达不到目标，完成一部分也是好的，心和舞台都是逐渐放大的过程。

3年目标不是用来分解的，它是黑暗中给你方向和希望的北极星，你没办法算出到达的距离，但你知道它就在那里，等你前行。

第一步制订计划时，不要急着把3年目标分解到每一年、每一天。

第二步细化计划时，可以根据一年、一季度、21天、一周分别制定目标。

一年里的8760小时是一场马拉松，每一小时都不应该被浪费，但在一年之初，你无法把每个小时都提前规划好，把长得一眼望不到头的马拉松分解为420个百米冲刺。

一年计划：

5年、10年的长期目标是梦想，一定要有。一年的目标要具体写下来，你可以把它用作电脑桌面，或者打印下来挂在床头、写字台前，时刻激励自己。

一年，365 天，人也可以有很大改变。

回想这一年的时间维度里，有多少人在成长、走红，有多少新兴事物在刷新认知。简单说，接下来的一年，你想要在自己所在的领域达到什么成就？

年目标重事，不重时。

只需写下打算做哪几件事，每件事完成的时间先不具体定，数量也不需要写得很详细。假如你自己是一家公司，制定下一年的预算和盈利时，可能希望有 32% 的盈利。但落实的 deadline（截止时间）是年底，而不是年中就要强迫自己完成，甚至 32% 这个数字也只是一个预估值。

很多职场新人工作的头两年忙忙碌碌，不为自己制定目标，领导安排什么就做什么，仿佛上班不是为了自己，而是为了老板。第三年，可能发现了目标的重要性，准备大干一场，但一开始就把计划制订得过于详细，一年列举十几件事，还都是结婚、买房、买车、升职这样的大事，每天做上倒计时，早上一起来，这十几件事铺天盖地砸过来，压力很大，偶尔停下来休息就会有犯罪感。这样的一年扛下来，确实比没目标的时候有进步，但活得毫无乐趣可言。

年目标中列举的 3 到 5 件事，是你想要真正达成的心愿，并且是能持续影响一生的大事。

2015 年 6 月到 2016 年 6 月，我要求自己完成的几件大事是：

出版第一本中文书，并带它去和全国各地的读者见面。

送妈妈和妹妹出国长途旅行一次。

去现场看欧洲杯。

但在计划制订之初，我先不考虑的是：

这本书每个章节写什么，要卖到怎样的销量进而影响
到更多的人，去哪些城市办读者见面会。

送妈妈和妹妹去哪些国家旅行，去几天。

我从哪个国家入境去看欧洲杯，看几天，顺便去哪几
个国家游历。

生活充满了不确定性，年度大目标定3个，小目标可以再调整。
如果过程中出现了一些突发事件，比如上级安排不得不做的新工作，
换工作、家人生病等不得不面对的变化，也给自己留下了缓冲区。

季度计划：

3个月计划中，有事也要有数字，是年目标的分解版。

每个公司有季度财报，我们也要做自己这家"公司"每个季度的
财报。

指标可以具体到收入增加百分之几，体重减少几斤，阅读几本
书，参加多少次活动。

如年目标中的——送妈妈和妹妹出国长途旅行一次。

那么预估了机票、住宿、其他交通费、餐饮、购物等费用后，估算出此次旅行的花费，再细化到每3个月需要储蓄的钱数以及着手行程规划。

可以先定眼前3个月的计划，后面的3个季度不必那么详细，把头3个月做好了，大部分计划会提前完成，后面的压力会减小很多。

在个人层面，可用《你一年的8760小时》一书中提到的角色目标法，把角色分解，每个角色定一个目标。这样人格塑造不单一，每个角色定的目标也不会太难达到。

我为自己列的目标清单是这样的：

角色　　目标

儿子　　让母亲心情愉快，安度晚年，完成周游世界的心愿

哥哥　　帮助、鼓励妹妹，希望她成为对社会有用的人，找到人生真正的幸福

教师　　教给学生真正实用的东西，而不只是哗众取宠，不只教授书本知识，还要分享做人的道理

同事　　帮助他们在职场上有更好的发展，并且做到至少自己不在背后说他们的坏话

下属　　"管理"好我的上级，帮他们解决工作中最需要解决的问题

领导　　完成公司交给我的任务，指导下属快速成长

朋友　　成为最关键时刻可以依靠和信任的人

每个人生活的境遇不同，你可以根据自己的实际需求列出这样一张清单，厘清对自己来说最重要的角色和与之对应的目标。

21 天计划：

每个人和他人的不同表现在习惯上，21 天可以养成一个好习惯，会帮助你更大地提升全面素质。

21 天的目标和 3 个月目标一致，是它的分解版。还可以列出一个额外的附加任务，比如坚持饭后散步半小时，看美剧时不看字幕，吃饭时不玩手机。

读到这篇文章的你，现在可以参与这个挑战，和我一起塑造习惯：

连续 21 天早起，我送礼物给你，包邮。每天早上 5:30 到 7:00 之间我会发一条英语格言到微博"艾力酷艾英语"上，你只需要把这句话翻译成中文，把连续 21 天按时翻译的截图发到我指定的邮箱，就会收到礼物。如果其中一天中断，计为失败，从头再来，直到完整地坚持连续 21 天周期。相信这个时候，你已经养成了早起的习惯。

到目前为止，我已经寄出了 7000 多份早起礼物。

Have a try（试一试）。

一周计划：

周计划要劳逸结合，我通常会在周末用逆向日程法制定下周的行程。一周目标中建议做 3 件事：一是安排读书时间，二是锻炼，三是设置与朋友聚会从中学习新领域知识的时间。

第一步，先记录下必须参加的活动，如会议、上课的时间。

	周一	周二	周三	周四	周五	周六	周日
7—8							
8—9		培训师会议			项目例会	托福口语课程	托福口语课程
9—10							
10—11	西班牙语课			西班牙语课			
11—12							
12—13							
13—14							
14—15	教学教研	录制《老外看东西》	大型活动主持		录制《奇葩说》		读者见面会
15—16							
16—17							
17—18							
18—19				网络课程			
19—20							
20—21							
21—22							
22—23							
23—24							

第二步，规划其他工作之前先把休闲娱乐、朋友聚餐等时间记录好。

	周一	周二	周三	周四	周五	周六	周日
7—8							
8—9		培训师会议			项目例会	托福口语课程	托福口语课程
9—10							
10—11	西班牙语课			西班牙语课			
11—12							
12—13	请同事聚餐	请司徒吃饭		请妹妹吃饭			请读者吃饭
13—14						陪妈妈逛街	
14—15	教学教研	录制《老外看东西》	大型活动主持		录制《奇葩说》		读者见面会
15—16							
16—17				网络课程			
17—18						参加朋友婚礼	
18—19							
19—20							
20—21		玩魔兽					玩魔兽
21—22							
22—23					剧组聚餐		
23—24							

第三步，自己读书、进修的时间安排。

	周一	周二	周三	周四	周五	周六	周日
7—8	早起朗读	早起练字	早起朗读	早起练字	早起朗读	早起练字	早起朗读
8—9		培训师会议			项目例会	托福口语课程	托福口语课程
9—10							
10—11	西班牙语课			西班牙语课			
11—12							
12—13	请同事聚餐	请司徒吃饭		请妹妹吃饭			请读者吃饭
13—14						陪妈妈逛街	
14—15	教学教研	录制《老外看东西》	大型活动主持		录制《奇葩说》		读者见面会
15—16							
16—17				网络课程			
17—18						参加朋友婚礼	
18—19							
19—20							
20—21	健身房锻炼	玩魔兽	健身房锻炼	健身房锻炼			玩魔兽
21—22							
22—23					剧组聚餐		
23—24	睡前阅读	睡前阅读	睡前阅读	睡前阅读	睡前阅读	睡前阅读	睡前阅读

第四步，把自己可以掌控的工作安排到余下的空闲时间里。

	周一	周二	周三	周四	周五	周六	周日
7—8	早起朗读	早起练字	早起朗读	早起练字	早起朗读	早起练字	早起朗读
8—9	写书	培训师会议	写书	写报告	项目例会	托福口语课程	托福口语课程
9—10							
10—11	西班牙语课			西班牙语课			
11—12					写报告		
12—13	请同事聚餐	请司徒吃饭	午饭	请妹妹吃饭	午饭	午饭	请读者吃饭
13—14	午休	午休	午休	午休	午休	陪妈妈逛街	午休
14—15	教学教研	录制《老外看东西》	大型活动主持	写书	录制《奇葩说》		读者见面会
15—16							
16—17				网络课程			
17—18						参加朋友婚礼	
18—19							写书
19—20							
20—21	健身房锻炼	玩魔兽	健身房锻炼	健身房锻炼			玩魔兽
21—22						写书	
22—23	写书		写书	写报告	剧组聚餐		
23—24	睡前阅读	睡前阅读	睡前阅读	睡前阅读	睡前阅读	睡前阅读	睡前阅读

如果是学生，可以规划的是上课之外的时间。上班族则必须规划工作之外的可支配时间。

时常有学生跟我抱怨说：本来课程已经很满了，还要复习托福，写论文等。看到密密麻麻的计划表，I wanna kill myself（简直想死）。而那些看似科学的学习计划也未必高效，比如想从 13:00 到 17:00 全部用来写论文，你先花 1 小时找自习室，自拍一张发朋友圈"开启学霸模式啦"。学了不到 1 小时昏昏欲睡开始玩手机，可想而知这 4 小时中真正用来写论文的时间没有多少。

但规划还是可以做的，比如周二下午没课，想跟朋友们出去聚会。可以规划为 15:00 到 17:00 出去玩，把之前的 12:00 到 14:00、之后的 18:00 到 19:00 列为工作或健身时间。

对于上班族来说，工作时间一般是朝九晚六，回到家已经是 19:30，再强迫自己学 1 小时英语，锻炼 1 小时，读 1 小时书，如果这些项目不是发自内心想做的事，很可能回到家洗完澡从 20:00 开始就以"葛优瘫"的姿势在沙发上看肥皂剧，到了 0:00 出于内疚，草草读几页书，熬到半夜，第二天早起上班痛苦不堪。

不要让时间表看上去是痛苦的折磨，先保证娱乐时间。看电影、读书、学插花、练跆拳道、听音乐会……当你看到一个这样的时间表时，就会对下一周充满了期待。

不时让自己喘口气，为的是更好地熬过那些喘不过气的时刻。

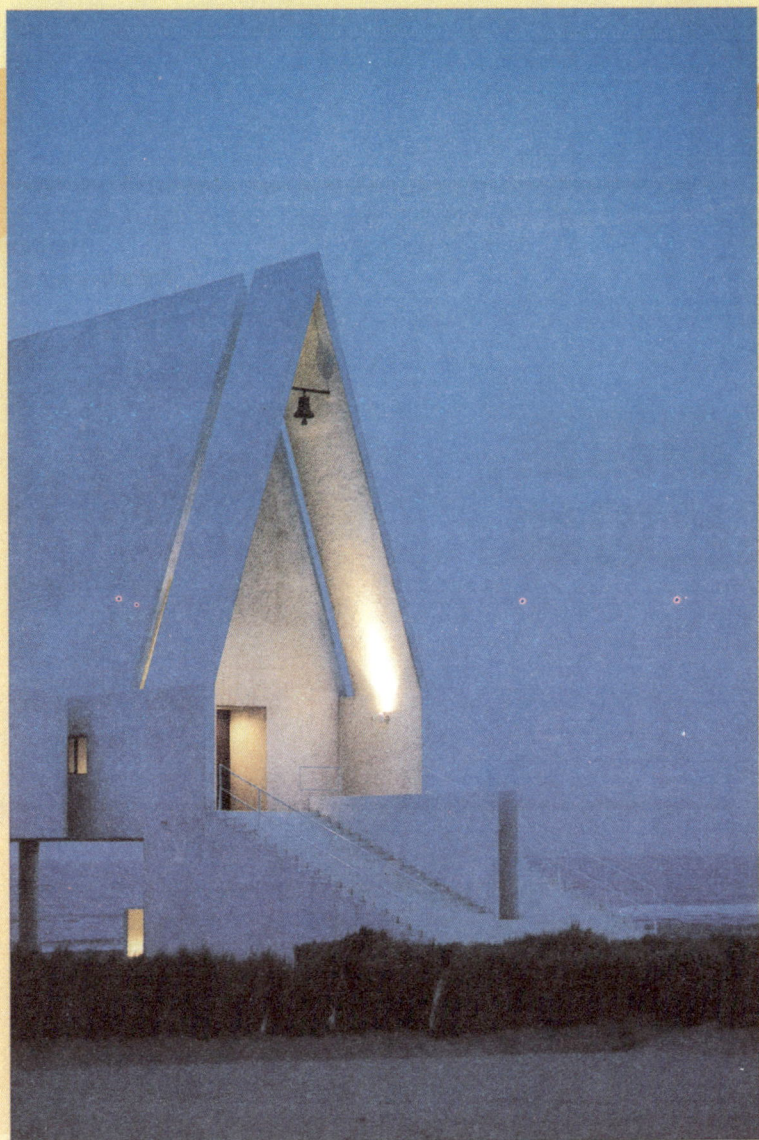

The Infinite
Possibilities of Life

慢慢走，
比较快

专注在当下，悟性在脚下，长期地思考、努力才能灵感迸发。一旦专注了，生活中
任何一件事，都可以对专注有帮助。生活中的细节和感悟，皆可入戏。

我有一个朋友。

他是我的老乡，年长我 20 岁。虽然同在北京，我们的日程表却天南海北，难得聚到一起吃顿饭。

去年冬天，在一家新疆餐馆，一边吃大盘鸡，我一边和他讲起这一年自己涉足的领域，内心里有一点点小小的满足和得意，渴望得到他的肯定。之前的节目合作中，他虽然不是我战队的导师，却是支持我的人，亦师亦友。

我说完，他没有说话。

我鼓起勇气问他："如果给我一个建议的话，会是什么？您取得的成功源于什么呢？"

他喝了一口茶，淡定地说："现在的你像八爪鱼，没有专注在一个点上，想同时做的事太多。我们吃饭的这一小时，你也不时拿出手机，怕耽误了回复信息。有些事，真的那么重要？

"人生有很多岔路，你这样的年轻人，少年得志，众人追捧，很容易觉得自己很聪明，什么路都走得通，就在岔路上渐行渐远。走远了，就发现哪一条路都没走好，难成大器。"

之后，他讲起了自己年少时的经历。

成为优秀的创作者，集编、导、演于一身是他的奋斗目标，大学时就已然确定，这条路上，坎坷无数。

中学时代，他在乌鲁木齐一家书店买到一本写达斯汀·霍夫曼的书，这位出演过《雨人》《毕业生》的影帝的这本薄薄的册子，让他有了创作梦。

在中央戏剧学院读本科的4年，他演过一些校园戏剧，没有像其他同学一样大红大紫。毕业后为了留在北京，全力考研。考上研究生的喜悦没有持续多久，伴随而来的是长久的迷茫，一生中最迷茫的时刻。

28岁研究生毕业，身边的同学李亚鹏在20世纪末就凭借偶像剧《将爱情进行到底》名声在外。而他，想要做的事没做成，身边的人越来越牛了，那份不甘是隐隐的。

而立之年，感觉无论多努力都无法向梦想更近一步。直到有一天，他在操场上烦心地散步，碰到师兄孟京辉。"有一出戏，要不要演？"不计报酬，不管多累，《一个无政府主义者的意外死亡》让他声名鹊起。

大器晚成，他没有迷失自己，从不乱接戏，始终保持初心。10个剧本中才会选择1个，自己逐字审读，看重的是内容好、班底出色，觉得不合适绝对不因为片酬高而接下。"心目中要有最终的理想的目标，虽不能至，也要心向往之。你生命中做的每一件事，都要问一下是否能帮助自己接近并实现这个目标，如果答案是否定的，就拒绝。"

专注在当下，悟性在脚下，长期地思考、努力才能灵感迸发。一旦专注了，生活中任何一件事，都可以对专注有帮助。生活中的细节和感悟，皆可入戏。

不惑之年，他接到了另一个让他大红大紫的角色——雍正。

雍正一辈子在和其他人争夺，九王夺嫡的长年争斗，在隐忍中煎熬、憋屈的感觉和他在研究生时期经历相似。

他用自己 20 年的专注和积累演活了这个人物。

这部戏叫《甄嬛传》，他是陈建斌。

反观我自己，一度像个忘我的小孩在玩沙子，玩得津津有味。

我强调快乐学习，带着大家边学边玩，也误以为自己可以做到边工作边娱乐。

2015 年起，我跟好友黄执中一起迷上了《炉石传说》，有一个月，每天晚上我都会在玩游戏的同时给学生录制网络课程的语音，还抽空给工作人员发邮件。《炉石传说》是一款回合制游戏，出牌后的三四十秒时间，我打几行字，然后录几句音。对方出牌后，我迅速切换回来继续游戏。

刚开始，这种三线作战尽在掌握的感觉好极了，觉得游戏也玩了，工作也没耽误。几天下来，郁闷的事来了：同事反映工作邮件前后矛盾，逻辑不通。游戏的新鲜劲过了之后，胜率低得可怜。之前玩一局游戏用时 10 分钟，单独工作用时 15 分钟。两件事同时做，半小时也不能同时搞定两边。什么都没做到最好，幸福感很低。

真正的多线程工作不是这样的。

一个人有了明确规划后，提高做事效率的根本方法是专注。多线任务处理看上去很美，但操作起来很难。有人觉得自己可以边听歌边看书，有人边工作边聊天，认真观察，可以得出一个结论——

大部分人如果真的同时做两件事，会有主次之分，或者是同时做的事中有一件不用太费脑子。真正用到大脑双线操作的同声传译，一个专业译员连续工作的时间是 15 分钟，超过 20 分钟就会疲惫不堪，要让同伴替换工作。

如果抱着差不多的态度做事，开会时刷朋友圈，会议内容只能听个差不多。和人聊天时也玩手机，交流也是差不多。这种"差不多"的习惯一旦养成，只能"差不多"地活下去，无法享受极致的生活，"一鸣惊人""完美主义"这些词将和你无关。

这种多线操作，全线凑合状态的解药是——专注、专注、专注。

作家严歌苓有一次在做指甲，有人提醒她说："你电话响了。"她说："让电话响吧，他说什么话会比我现在要做的事还重要呢。"

在《专注》一书中，丹尼尔·戈尔曼以其深耕多年的心理学研究功底，精确提炼出专注力的三种形式，即内在专注、对他人专注和外在专注。

内在专注：能帮助聆听到直觉和价值观的声音——就像史蒂夫·乔布斯所说的"内心的声音"，做出更明智的决策。

对他人专注：能帮助你捕捉到微妙的情绪信号，培育与他人更加和谐的关系，成为更富同理心的聆听者，同时也能迅速提高你的情商。

外在专注：可以让你在广阔天地任意翱翔，帮助你了解大环境，对决策、组织的管理和创新极其重要。

内在的专注，从沉下心开始。在前面的章节，我们已经学会了设立未来目标，用具体描绘法去实施每周、每月、每季度、每年的计划，那么做每一件具体工作如何沉下心呢？

很多人不敢开始行动，正是因为这样的恐惧，害怕全世界否定自己。你没那么重要，没有那么多观众。

最难理解的一步是——"鄙视"接下来要做的工作，降低工作压力，别害怕后果，不要觉得做不好这件事会影响一生。你生命的价值绝不会被这项工作所定义，它只是生命中的一个小篇章。

1. 勇敢，给自己打气。

自我暗示自己很牛，"贬低"这份工作的价值。以"这都不是事"的心态，放松地完成它。

2. 隔离，把自己从世界中抽离。

学生会在公共自习室或宿舍中学习，办公族通常在开放式的工位上工作，旁人的走动、闲聊会不时打断思路。要么尽可能选择周围没人的环境，手机静音，或者戴一个偌大的耳机工作，别人看到了也不会过多来打扰你。

3. 从坚持 10 分钟做起。

重度手机依赖者刚开始会觉得 10 分钟很漫长，不时拿出手机看一眼，生怕自己漏掉一条信息，错过了一个亿。第 5 分钟忍不住想看一下。随着练习，这个时间慢慢变长，15 分钟不看手机不再困难。

第一次尝试，坚持到 7 分钟就可以奖励自己，可以是零食、半杯可乐，用这种继续隔离的方式奖励自己。

专注 30 分钟后，进入更高效的学习和工作状态，而下一个 30 分钟效率会比之前高得多。一天里，如果有 8 个 30 分钟即 4 小时主动、高效的工作状态，就相当不错了。有统计表明，上班族每天高效工作时间平均不到 4 小时，大部分是碎片化的走神状态。

人生总有起伏，状态也分高低。每天的状态不同，有时高效工作时间超过 4 小时，别错过机会，利用这一天疯狂工作。如果某天身体疲惫，心不在焉，也别刻意要求，略做休息，找回节奏。

观察了身边很多高薪人士的职业习惯，他们普遍的特征是专注，可以非常认真地专注于自己的事业。他们更多关注的是如何提升自己在这个领域的能力，钱并不是第一考量。

只关注于薪水的人，实际上拿不到最高的薪水。

永远追求极致的信念，专注做事会让你离目标更近。

应该倒过来，先想清楚，什么是自己最热爱、最擅长的。一心去做你最想做的，大概花个 5 年、10 年的时间为之去努力。一定是我们先全力以赴做一件你最专注的事情，之后，成功才会到来。

你的时间不一定只属于你自己

掌握了角色目标定位法和高效沟通情感的方法后，即使不拿出大段单独时间，也会改善你和身边人的关系，让你全力以赴投入工作之余没有后顾之忧。

工作和生活不存在真正的平衡，因为它们从不是真正的对立关系。

"没办法，我没时间，身不由己。"

工作后，最常听到的就是这句话。

被动承受，被动选择，生活中那么多角色定位，瓜分的是每天仅有的 24 小时。

你的时间，似乎从来不只属于你自己。这并不意味着我们对时间无能为力。

如果没有特别安排，我在北京一天的时间表基本是这样的：

6:00 到 6:30 学习西班牙语或意大利语。

6:30 到 7:00 为《酷艾英语》微信课程录制语音。

7:00 到 7:30 洗漱、吃早饭。

7:30 到 8:00 打车去公司，路上备课，阅读工作邮件。

8:00 到 12:00 新东方英语课或其他讲座。

12:00 到 13:00 约同事、朋友吃简餐交流。

13:30 到 13:45 午休小憩。

14:00 到 22:00 新东方英语课或其他讲座（如果课程结束早，则安排 20:00 到 22:00 健身。晚餐基本不吃，如果有朋友邀约，就用 1 小时晚餐时间聚会谈事）。

22:00 到 24:00 录制《酷艾英语》、其他课程及晚安录音，准备第二天课程，处理其他工作邮件。

这是在北京时没有其他工作干扰的理想状态。如果需要出差，我的时间表大概是这样的：

1:00 飞到某个城市，入住酒店休息。

6:00 到 6:30 学习西班牙语或意大利语。

6:30 到 7:00 为《酷艾英语》微信课程录制语音。

7:00 到 7:30 洗漱、吃早饭。

8:00 到 12:00 大学、中学千人场讲座。

12:00 到 14:00 和当地新东方同事午餐，交流工作经验。

14:00 到 16:00 书店签售我的新书。

16:00 到 18:00 乘车去城市另一头的大学，路上录制课程语音，吃晚饭，小憩。

18:00 到 19:30 学校讲座。

20:00 到 22:00 另一场讲座。

23:00 到 0:00 回到酒店备课，学外语（如果第二天需要去另外的城市，则改为乘坐夜航离开）。

4 年这样的日程下来，很多朋友看到年轻人在公司过劳死的新闻，就把链接发过来，还语重心长地在微信上说："艾力啊，又一个像你一样的机器人挂了。你可得注意身体啦。"

随着我的 34 枚金币时间管理法被大众了解，很多校外机构邀请我去做讲座和培训，这其中也包括长江商学院。

一次给某大企业做培训，结束后，几个年长的前辈围住了我，

211

其中一位领导模样的人说："小伙子，你是不是单身还没成家，一个人在北京打拼啊？"我回答说："是啊。"心想，这跟时间管理的培训有什么关联？

"你看，我就说他是一个人吧。"他跟那几个同事说完又转身对我说，"你说的那些时间管理、规划和记录方法都适合单身的人。我们这样有家庭、上有老下有小的人没法规划啊。计划是可以很完美，可今天家里孩子学校出了事，明天老婆工作不顺闹了情绪，后天老人生病得陪护就泡汤了。你还是太年轻了。"

他表现出一副"早已洞穿一切"的过来人的风范和几个同事匆匆离去，没给我解释的机会。

当时我想对他说的话是：按照这个逻辑去想，那婚姻不仅仅是爱情的坟墓，还是事业的坟墓了？这个黑锅婚姻和家庭不背，这种思维也不是真正的优秀的人面对这些情况时应有的反应。

但是，从另一个维度说，这些生活中最常见、最磨人的问题很多人会遇到——当你的时间并不完全属于自己的时候，怎么办？

专注于自己的世界和关注身边人的需求似乎是个悖论，没有人的时间真的完全属于自己，就算一个孤儿，生活中也会有朋友、同事，有各种社会关系的连接，我们无法想象一个人和这世界全无关系。

不了解我的人，总说我是个机器人，没有朋友。第一次看到34枚金币时间管理法的表格，很多人心里会想：这哥们真变态。

4年前，刚开始做时间管理时，我的妈妈和妹妹也出现过不理解的情况，我不禁反思，自己的问题出在哪里？会不会因为过度的时间管理导致与他人尤其是家人的沟通和社交出了问题？学散打，只学直拳，不学左右勾拳就无法掌握组合拳法，技术片面单一。同样，一个人不会因为过度的时间管理而显得像机器人，更不会因此没朋友。出状况的原因是不了解全部，片面执行了一两个规则。

人际关系的疏离，大多源于 3 个原因：

① 规划时，没考虑到自己角色目标的多重性，没给不同角色安排目标，显得生活过度单一。

② 执行时，没学会忍受不确定性，对时间本身过分关注，不是关注事情的效果，没有结果导向。

③ 时间记录时，没把美好的瞬间和他人分享，把自己和世界隔离了。

相对应的 3 个解决方案：

1. 规划时考虑多重目标角色。

用角色目标法，先分清自己扮演的所有角色。

从小到大的教育体系，老师告诉你，考好试就行，别的什么都不用管；家长告诉你，考上好大学就行，别的什么都不用管。这种单一的价值观让人在忙碌时像激起了斗志的公牛，眼前只有那面红旗子，觉得自己只做好一件事，其他事都能迎刃而解。

确实要在某个领域有明确的目标，但这并不等于说生命中所有事只为这个单一目标服务。

如果在执行目标时忽略了生活里需要扮演的不同角色，被人说是过分管理再正常不过了。

尝试给自己画个雷达图，看是否全面达成各维度任务。把几个重要目标如进修（如学习一项新技能、新语言，通过某个考试）、工作（如完成销售业绩、升职）、爱情（如陪伴爱人去做哪些事）、亲情（如和家人去海外旅行，给父母换房子）等画在雷达图的五个角，当时间覆盖的某个区域过于狭窄时，证明制定目标时过分单一了，要做出调整。

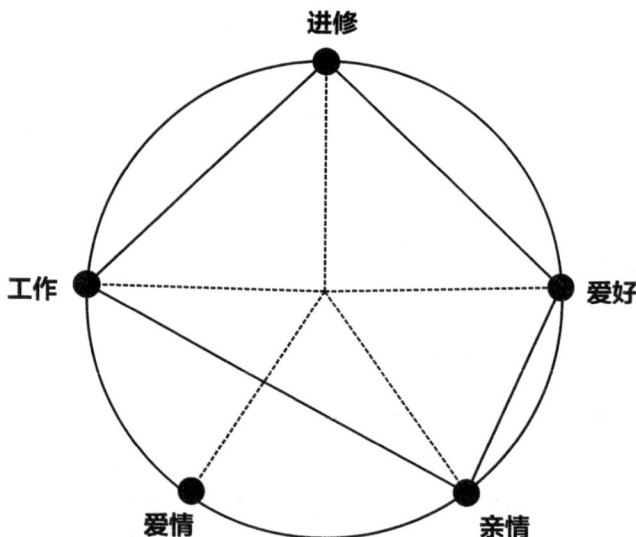

2. 执行时给予身边人温暖回应。

定好多元化目标之后，在执行期间，属于亲人和朋友的时间要保证。

即使眼前有一项重要且紧急的工作，亲人有需要，也要尽兴沟通，别给他们脸色，用一句"忙着呢，没空陪你"来打发。

我的妹妹也在北京读大学，她曾经诉苦说："哪有你这样当哥哥的，我们都在北京，离得又不远，却一个月见不了两次面，你是我亲哥吗？"那一阵，她连续3次约我吃饭，刚好是我最忙的时候，不能陪她，妹妹心里委屈不平衡是难免的。在她说了4次之后，我才后知后觉，改变了自己的时间规划，留了时间给她。

这让我感受到，不是所有人都和自己一样热衷于时间管理，在被他人需要时要给予温暖的回应。

这一点，我认识的人中做得最好的是俞敏洪老师。

在日复一日繁忙、紧密的行程下，不断有人来找他帮忙，他依然和蔼可亲，就算婉拒，也会让对方心服口服。他会告诉对方：我现在实在没时间，但这个事我会尽力处理，你去找某部门的某同事，他会给你在多少个工作日内反馈。

去年俞老师带他儿子来新疆讲座，其间来我家做客，他一方面安抚孩子情绪，说："别急啊，稍后的行程中，我带你去喀纳斯，那里风景好，我也会挤出时间陪你。"

无论多忙，要以最好的态度把问题讲清楚。你可以把自己的工作日程提前发给亲近的人，像公司同事发彼此的工作表，把各自的空档时间标明。家人和朋友会提前知道你确实有安排的时间，即使他们需要你，也能体谅。任何事打好提前量，都可以商量。如果信息不透明把所有情绪堆积到最后一刻处理，容易上升到情绪层面。

3. 记录美好瞬间，增加共同回忆。

用各种形式记录和分享和亲朋在一起的时间，即使你很忙不能抽出太多时间陪伴他们，有这些回忆也会很开心。

下次对方再生气说"你只顾着工作不陪我，也不管家人"时，你就把那些美好的时间的记忆拿出来，那些照片和纪念品记录了某年某月你们在某处共同度过的难忘时光。回顾时用分享的语气，不是自大地突出"我对你有多好，带你去过那么好的地方，买了那么贵的东西"，而要诚恳——不是不想陪你，上次去那里不是玩得很好吗，我也会在某天继续陪你，希望你能够理解。

给大家两个短时间内高效沟通情感的小建议。

1. 让对方也忙起来。

当你身边重要的人真的觉得你时间表太紧时，要让对方也忙起来。比如一对关系好的情侣各自的工作都忙，出差间隙抽出时间见个面，一起听音乐会，一起吃简餐，这样的相处模式没问题。如果一方很忙，天天加班，另一方闲得发慌，则容易有怨言。

之前妈妈曾经怪我老不回新疆看她，各种数落，我很内疚。去年给她开了一家淘宝店"艾力妈妈的小屋"，让她全面管理，经营新疆土特产。

自从有了忙碌的生活，妈妈再也不担心我了。

2. 记录对方喜好。

交流时记录那些让人心动的瞬间，记录对方喜好。谈话中认真倾听，了解他们特别在乎的某件事、某个东西，试着把那个东西送给对方，不一定多贵，但他们会知道你的心意。

我和搭档初次见面源于一次采访，采访结束我们一起去看画展。她问起我收到的学生送的礼物里最喜欢的是什么，我说是一幅画，虽然画风很稚嫩，但那是学生的心意，又是亲手做的礼物，我非常喜欢。生日时，我收到了一幅油画。在零基础绘画的情况下，她找了油画老师一对一教学，用半个月的假期画出了难度很高的人物肖像画，画面是我个人最喜欢的一张照片——弹吉他的我。这比买一个贵重的耳机或手表送给我做生日礼物要有心意得多。

掌握了角色目标定位法和高效沟通情感的方法后，即使不拿出大段单独时间，也会改善你和身边人的关系，让你全力以赴投入工作之余没有后顾之忧。

工作和生活不存在真正的平衡，因为它们从不是真正的对立关系。

高度自律的人生是一种怎样的体验

人生几乎所有可控问题的改善都源于自律。

种族、出生地、家庭背景、遗传病……这些先天的因素终其一生无法改变，能改变的是知识结构、身材素质、看待事物的方式和解决问题的能力。

越自律，越自由。

人生几乎所有可控问题的改善都源于自律。

种族、出生地、家庭背景、遗传病……这些先天的因素终其一生无法改变，能改变的是知识结构、身材素质、看待事物的方式和解决问题的能力。

越自律，越自由。

有一类人不靠继承获得财富，是靠自我成就获得，也就是英文里说的 self-made man（自我成就者）。我经常推荐的一部小说《了不起的盖茨比》里的人物盖茨比就是一个非常典型的这种自驱力、自律心极强的人。

为了打入上流社会，他给自己安排时间是以半小时为单位计划，他练哑铃、读书，也花时间锻炼自己如何让性格更沉稳。个人素养方面来说，他甚至研习到比上流社会出身的人更有教养。最后终于搬到长岛，盖起了豪宅，成为大家羡慕的土豪。

方式很极端，精神很决绝，模仿要谨慎，但从中我们看到了一个平凡人走向辉煌的可能性。在那个时代的美国如此，在今天的世界，也是如此。

除了自律，别无他法。

如何衡量一个人的人生有无意义？梁文道提供了一种视角：你试

着把你从小到大的人生经历说成一个故事，不是我哪年出生，哪年高考，而是一个真的有人物、情节，有开头、结尾、高潮，有驱动力前进的故事。可能是个爱情故事，可能是个关于复仇的故事，如果你的人生被说成一个好听的故事，那你的人生就有意义了，就有核心了。

属于我们的人生故事，核心是什么？

有次接受中国作家榜访谈，他们问："你最完美的一天是怎么度过的？"我回答："2014 年的某天，我去山东做了两场讲座，读完 45页书，下午临时起意下定决心去爬泰山，从日照出发，晚上 10 点到了泰安，11 点开始爬，早上 3 点到了山顶，4 点看到日出。一天之内把想做的事都做了，读书、锻炼、旅行、工作，我可能就是这种变态的疯狂的人。成就感是我需要的，看到日出的那一刻，一切辛苦都是值得的。"

单从辉煌的时刻而言，似乎应该选择那个上午在北大演讲，下午在清华开新书发布会和俞敏洪老师对谈的日子，也可能选择那个去好莱坞参加《魔兽》首映的日子，抑或是在上海主持《星际争霸 II》WCS 世锦赛的日子……选择这一天，因为它无比真实、自然，全部由内心而发，受自己控制，工作和生活平衡得刚刚好。

每个人对生活的彩蛋理解不同，我清楚地知道自己要的是什么，更清楚不要的是什么，非常笃定。

每年里有四五个月时间，一个月要坐 20 到 30 次的飞机，不断地开会、演讲、转机、换高铁，经常一觉醒来，忘记自己身在何方了，梦里不知身是客。

身边尊敬的师长，很多人也这样活着。

一次跟俞老师在清华对谈时，描述了自己一天的作息时间表：

晚上 12 点肯定要睡，不管手边有多么重要的工作。我深深地意识到其实你熬夜熬到两点，第二天早上 8 点起来，一分钟都没有节约。除非有的时候实在没有办法。我现在保证晚上 12 点以前一定睡觉。

早上是 6:30 起来。我一定会洗个澡，一般都是凉水澡，要让自己醒过来。醒过来以后，我就会跑步。一般就是跑二三公里，不会多跑，觉得多跑浪费时间。我又不想变成马拉松运动员，只要跑到舒适的程度就可以。我跑得比较快，就会出一身大汗，那种感觉特别好。有的时候汗出得多了，也会再洗一次澡，用水冲一下，1 分钟就完了。

7:30 到 8:30 是处理一小时的工作，除了电子邮件。隔夜的工作短信、微信，一般是接上电脑，回复起来的速度非常快。上班的话，就是 9:30 左右到办公室。

一天三顿饭，加起来，每顿饭 10 分钟左右，到现在还是这个习惯。我吃完饭以后不会马上坐下来，一般都会散步 10 分钟，消化一下，这样可以保持身体健康。同时，有些体育运动比较喜欢，比如冬天的时候滑雪。去年冬天没滑成，第一场雪的时候，就把脚摔断了，坐了 3 个多月的轮椅。还有徒步。游泳是一个礼拜两三次。再加上每天的散步。保证身体健康这件事情就有了，我的身体看上去还是不错的。

全球范围内，我的励志偶像之一是扣扣熊（史蒂芬·科贝尔）。作为一个矿工的儿子，他在表演和语言上相对于其他人，并无优势。他通过自己的努力和铜墙铁壁的"厚脸皮"从一个小电视台的主持人，一跃成为美国最大的电视台之一CBS（哥伦比亚广播公司）的王牌节目主持人。

当我决定去美国旅行时，提前一个月订下了节目录制现场的门票。

国内大部分综艺节目至少有一周做后期剪辑，这个脱口秀居然录制后4小时就播出，可见这工作量之大，这团队配合之默契，以及对专业的要求之高。

所有的段子必须在一天之内写出来，整个团队每周一到周四都是7点到公司，8点开会，把一天中重要的新闻拿出来，挑4到5个，让二三十人的团队写出相关的评论和笑话。扣扣熊也亲自上阵，12点后，他亲自挑选有趣的段子。下午2点开始化妆，5点录制。

他的成功，不是偶然。

自律带来自信，自信等于你能控制的东西，能把握的层面扩大了，这份自信带来了更大的自由。

4年了，每天早上7点前起床，锻炼、读书、录每日教学音频。早起让我每天比别人多拥有一两小时。

日本最大的鱼市场——筑地市场，下午2点钟，还围满了世界各地来到这里的食客，一个一个小小的门头外排着长队。习惯了早起，凌晨出发去看金枪鱼拍卖，吃一份新鲜美味的海胆饭。

瑞士少女峰，白天上午可以看雪看风景，清晨在山脚下醒来，则可以迎着晨曦在小镇上跑步。路边的店铺都没开门，隔着玻璃窗看到里面林林总总的美好，跑过咖啡馆，想到可以午后在这里喝杯咖啡。

威尼斯的清晨，在朦胧中开启，游人未至时去圣马可广场，没有摩尔人的特技，没有天使的飞翔，静静地喂鸽子，看一会儿云。

成都大熊猫基地，开馆时第一批进去，呆萌的熊猫宝宝还在沉睡，和它们说说话。

香港维多利亚港，带来海洋的气息，在清晨通勤的人群抵达前，去克街喝冻奶茶配炒蛋。

早起，让我看到不一样的世界和风景。

过度自律也有副作用，过分的自我克制导致无情。

对外人还好，保持礼貌和关心即可，对身边最亲近的人却很难体现出关怀的一面，自己的苦和累习惯一个人憋着，想当然地认为身边人的苦处也该自己憋着，这种严苛感很可怕。

亲近的人来找我诉说困难和委屈时，我不会安慰他们，只会问几个问题：你从自己身上找原因了吗？事情已经发生了，有什么解决方案？有什么事是我可以做的？

像个机器人，不表现出自己的喜恶。

虽然，那些澎湃热烈的感情我内心都有。

M. 斯科特·派克写的《少有人走的路》中说："自律是解决人生问题最主要的工具，也是消除人生痛苦最重要的方法。"

极度的自律下，我对现在的生活满意指数达 90%，另外的 10% 来自以前 90% 的满意。

满足感是一个人进步最大的敌人，过分满足和享受安逸很难主动选择奋斗和改变。朝九晚五耗时间，做着没意义工作的人，也可能满意自己的生活，但会阻止前进的脚步。

我希望自己接下来 10% 的不满意，可以获得更大的满意。

爱上时间，也让时间爱上你。

FIVE

生活中
我们都曾经历过的迷茫

◎平庸的生活不需要勇气，结束平庸才需要。
◎不要再为无梦的日子找借口，生活是自己的。

幸福有 84 000 种可能

平庸的生活不需要勇气，结束平庸才需要。
不要再为无梦的日子找借口，生活是自己的。
"无迹方知流光逝，有梦不觉人生寒。"

你的人生有多少种可能？有没有因为某个人而产生过改变？

"通过晓媛的介绍，对艾力有了了解，看了他的视频，关于他的奋斗和人生非常有价值拿出来和大家分享一下。非常希望将来有机会咱们3个人凑在一起，共同来聊聊天。好吗？好的。"

这是大冰对我说的第一句话，隔空录像。2014年10月，我做客好友张晓媛的悦读会，她请大冰和乐嘉为我录了VCR。

没承想，22个月之后，"好吗好的"成为他江湖三部曲完结篇的书名。

《好吗好的》如同前部作品一样，都是大冰的口头禅。这本书是他这个"不靠谱"的爹刚刚"生"出来的靠谱的小女儿——幺姑娘。

认识很多名人，大冰的实在能排前三名。

一起远足，他吃饭时坐到我身边说："我下本书要写一个关于新疆的故事，你知道夺命大乌苏吗？"

夺命大乌苏是我们那儿的招牌酒。他说："这个故事就和大乌苏相关，我发给你看看。"

作家的未发表手稿和故事原型是最宝贵的财富，同为这类书的作者，他把还没下厂的新书文稿发给我看，就像英语老师把教案发给另外一个英语老师，一个相声演员把设计了很久从没在台上抖过的包袱告诉同行一样，这实在劲也是没谁了。

这份豪爽和信任，让我感动，也让我感慨。

读着读着，我纳闷了：杨奋和马史？我家在新疆怎么不知道这俩人，故事这么有趣，该不是杜撰的吧？上网搜了一下，居然是真人真事。

这些故事有新疆媒体报道过，尤其是马史的故事。我当时扫过一眼，就知道是一个很牛的编剧加导演，弘扬正能量的那种。

但在大冰的笔下，我看到了哭着笑着、为梦想而战的、活生生的两个人。从未走出新疆的父亲，那支金笔，走遍天涯又回到故乡寻梦，永不放弃的理想……

熟悉的乌鲁木齐和阿勒泰，同样的故事带来的是不同的触动——谁说动人的故事，只配发生在北上广？

他笔下的新疆故事，像极了我最喜欢的大盘鸡，还没吃完就感到哀伤——要吃到这么好的下一盘，又要等很久。

跟大冰第一次见面是 2016 年 4 月 16 日，中国作家榜颁奖典礼。那天他得了年度畅销作家金奖，是当之无愧的主角。大合影时，他不忘给前辈让路，站在侧边，把最好的位置留给别人。

几天后，在四川再见面，他应俞敏洪老师之邀参加新东方梦想之旅公益活动。

没有助理，大冰亲自把活动的时间和安排确认了好几次。几点到，去哪里，需要他做什么，规划严谨。

不知出于什么考虑，对接的工作人员给他订了经济舱。换了其他大腕可能会直接拉下脸撂挑子说，我不来了。从始至终，大冰什么都没说，更没提出任何要求。后来，俞老师知道了这件事，坚持给他改成了商务舱。

他极随和，没什么架子，带了自己酒吧做的酒过来跟大家分享。刚开始大家有些放不开，他又承担了破冰重任，高歌几曲营造气氛。

酒过三巡，大家谈笑风生胡吹海侃，他敲起鼓唱着歌，至情至性。我也因此参加了唯一一次朗诵诗歌的饭局，跟着他吟诗歌唱。

每到一处，当地的朋友从四面八方赶来，那是他没有血缘关系的族人。

有朋友，因为够朋友。

2015 年夏天，突然被出版社告知我的第一本中文书《你一年的8760 小时》可以下厂了。大家都告诉我：你没出过中文书，得找名人推荐，让读者更了解你，最好找这个领域最受欢迎、最有号召力的作家。

晓媛说，去找大冰。

我犹豫过。深知在这个行业，没有人必须对谁客气，更没有人必须帮谁的忙——况且还是帮用自己的信誉背书这么大的忙。试图约几位和我有交往的名人，但他们均用各种理由婉拒了我。

我和大冰，那时甚至还没见过面。

看过他在《阿弥陀佛么么哒》里写自己出第一本书的故事，那些举步维艰，那些无休止的质疑和打击，那些"改天帮你问问"，然后就没有改天了……

"真有心送君一程，东西南北都顺路。真有心帮你一把，立时三刻当下今天。又何必回头改天。"

这些历程，筹备新书的半年多，我都一一经历过。除了搭档晓媛，没人鼓励过我写书，更没人认为我能以写作立身，甚至一度书被拖着差点出不来。

晓媛说："我跟大冰几年间没见过几次，也帮不上他什么忙。但在我每个需要帮助的节点，他都帮了，不求回报。"

帮助，是出于善意和温暖。

几番犹豫过后，抱着也许得不到回复的决心，我发了微信问他，大冰爽快地答应了。

于是，才有了《你一年的8760小时》封底的那句推荐语。

过去一年去各地签售，从最南到最北，最东到最西，都有读者赶来说："冰叔推荐的书，要看看。"还有可爱的读者带了大冰的书来参加我的签售会，我也厚着脸皮跟他们一一合影。

到了厦门，专门去大冰的小屋，没提前跟他打招呼，怕给他添麻烦。只在离开后才给他发了微信。

第二天，大冰让继阳兄带着几个小兄弟神奇地来到我新书的签售现场，和我一起打鼓、唱歌、弹吉他，跟读者聊天。整个现场沸腾了。

这份男人间的情谊，放在心里。

他在最冷的地方，写出了最暖的故事。

洒脱不羁、行走江湖是他的代名词。作家、主持人、民谣歌手、老背包客、不敬业的酒吧掌柜……大冰身份跨界，人生多元，边走边唱，行遍天涯。

极致的能力，给了他自由的权利。

大众孜孜以求的名利，他早已在 30 岁之前获得，此后的岁月，可以随心所欲只为自由而活。

想到他，就会想到一个词——charisma，中文意为人格魅力。稍微有点名气的人都会被冠以有人格魅力的说法，但大冰的 charisma 是全方位的。

在他面前，哪怕初见，整个人都是轻松的，会忘却生命中那些琐碎、复杂、无聊的负担，想立刻和他一样踏上一场轻松的旅程，遇到有趣的人、新鲜的事，看到世界的多样，体会到人生 84 000 种幸福的可能。

作为一个超级 IP，人格的差异化、经历的不可复制性，意味着他拥有创造独特内容的能力、强连接力，也不缺乏温暖。

他曾帮助过百余位歌手浮出水面，带他们登上北展剧场，那一刻在舞台上的光芒，足以照亮世界。

既能朝九晚五，又可以浪迹天涯。

自由的他，亦是最自律的人。深夜赶飞机，白天直播演讲，他会抓紧清晨的时间留在酒店写稿，也会在众人聊天海侃时，默默记下一些句子和灵感。

极度的自律，带来极度的自由。

回望过去，很多人习惯将一分的苦，写成十分的难。大冰的那些苦很少言说，在《好吗好的》后记里隐约可见。

被人用盒饭扣在脸上时不还手，被人笑普通话不标准时不还嘴，被人踹翻琴盒往脸上吐唾沫时不嫌丢脸……他用 10 年时间成长为首席主持，拥有自己的个人画展，给爸妈买上别墅，拥有一间永恒的小屋和属于自己的江湖道场。

每一个靠自己奋斗的人，大抵都经历过被生活花式吊打的苦。问题是，从一无所有做起，你是否一直给自己设限，敢不敢做更大的梦？

我们害怕一旦放假一旦休息就会被社会淘汰，在一元化的生活状态下如机器般运行，仿佛只要契合了标准答案，有个所谓稳定的工作，有清晰的社会身份属性就是最大的安全感，无从逃离也不想逃离。

"一条腿的椅子，从哪里腾空而起？"我喜欢大冰的这个比喻。谁规定人这辈子只能当一枚螺丝钉？为什么不能是螺丝帽，甚至是把螺丝刀？

那些甘愿把自己放到套子里的人、特别契合规则的人后来大都死掉了。

平庸的生活不需要勇气，结束平庸才需要。

不要再为无梦的日子找借口，生活是自己的。

"无迹方知流光逝，有梦不觉人生寒。"

恶毒不需要成本，
宽容需要

受了一点点伤，就无限放大自己的感受，把人性绝对化，是不太客观的做法。

来这世间一趟，我们要看的是太阳升起。

一切都会过去，而值得你在意的人和事没有那么多。或者说，用更宽容的眼光看待世间的一切。

喜欢薛之谦的歌很多年，那些少年情愫萌动的日子，一边听《认真的雪》，一边做物理题。不知怎的，很多年，他好像消失了一般，从这个圈子淡出了。

今天，他又火了，随手打开哪个台，哪档网综节目里，都是他。

舞台上，他又唱起《认真的雪》，台上的人先是笑着，然后含泪。想起了薛之谦的 10 年，和我自己。

我们都有过那样的岁月吧——你被困在那里，什么也做不了。

不知道明天在哪里，希望在哪里，无休止的等待和失望，甚至是欺诈和勒索。

你告诉自己要笑着过每一天，为了爱自己和自己爱的人好好活着，可黑暗如影随形。

你失去了最爱的人，即使拿出全部去投入，想走的人留不住，想走的心拴不住。

好像，你失去了全世界，没有爱情，没有事业。更可悲的是，也许从未拥有过。

一档选秀节目让他出道，可谓当时一代偶像。因为公司的缘故，别的艺人大踏步前进的时候，他沉寂了许久。

为了生计，更为了音乐梦想，他去开餐馆，还挣到了钱。

注册，选址，各种机构的检查，雇人，执行，员工的流失，客人的挑剔，没人知道他用了多少心，学了多少东西。做艺人时你只需要做好自己，要么帅帅的，要么酷酷的，做创业者，你不再是你自己。

节目里，别的嘉宾说起他的过往、那家娱乐公司，他也会调侃一两句，仿佛一场旧梦了无痕。可那 10 年的煎熬岁月，是 87 600 小时，5 256 000 分，315 360 000 秒，一秒一秒熬过来的。

他甚至不能愤怒，有一种论调是感谢那些伤害你至深的人，他们的激励让你成长。成功后的计较是小气和没格局，没成功的计较是抱怨和负能量。

他也不能去恨某个具体的人，那些单个的人躲在公司和机构的名义背后，恶就被削减消解了，可以推说是公司行为，他们本人也很无奈。你红了，他们会说自己是伯乐，声称是你的多年好友，早就知道你能红，以此去获取外界的利益，再度消费你。毕竟，在公开场合提及的只能是 ×× 公司，而不是张三李四王二麻子。

他真的有不原谅的权利，幸存者偏差总是让人产生错觉，那些痛苦绝望的日子成全了一个人，但百分之九十九被困死的失败者呢？那些外人难以想象的辛酸绝望没人知道。

他们没有机会和能力发出自己的声音，永远。

一同出道的好友君君做起了佛珠，超然出世的方式让其找到了内心的救赎。

薛之谦选择了入世，在这个残酷的世界温暖地活着，一直带着笑容。

生活里，舞台上的我，笑得没心没肺。

我经常做一些很傻很二的事，把亲人和搭档气得要死，一边心疼我一边帮我补救。

人性的黑暗，我不是没经历过，但仍然愿意选择相信。我并非忽视这个世界的恶，那些恶真实存在，这是人性的隐藏属性。即便是恶人，了解了他所处的境况，也会觉得他们可怜又可悲。

即使写出《白夜行》的东野圭吾也说："我一直认为人性是很美好的东西。只是在绝大多数时间里，因为很多无可奈何的原因，人们选择做一些无可奈何的事情。这些事情也许是不正确的，但是并不应该因此得到人性丑陋的结论。"

2014 年春天，在《超级演说家》的舞台上，我讲起父亲的故事，没有落泪。节目导师陈建斌说，他看到了我硬汉眼眶里的一丝泪光。

那是我第一次在公开场合讲述父亲的故事。

2014 年秋天，我去山东大学做讲座，主持人把这个梗抛给我，我没有接。

我当然明白如何制造一个高潮，可是我不想提。

她背诵了那篇演讲的全文，现场不少人默默擦掉眼角的泪。

我依然哭不出来。

那一刻，我想到了爱恨和生死。生死面前，都是小事。

"爱"这个字太崇高，我很少用它。恨，曾经如此强烈，让我难以释怀。两个年轻人，20 岁出头的年纪，一次鲁莽的视他人生命为儿戏的酒驾。一个家庭，一个还没有过 50 岁生日的人，就这样被毁掉。

父亲是一个好人，为别人做善事时却被无知而自私的人撞死，这是一个巨大的讽刺。

我们最后一次见面是在 2011 年 2 月 6 日，他送我去北京的飞机。在机场，我头也没回地离开了。

没有和他说一句再见。

然后，我们再没机会相见。

小时候，他对我极其严厉。

一次我淘气，他狠狠地打我，打到不知道疼是什么滋味。那塑造了我后来对权威的逆反性格，也影响了我的内心，被最亲近的人打，最大的痛苦是在内心，超越了肉体。

成年后，对很多事的看法不同，我们吵过，很激烈地吵，吵到很少和他交流。

"你要走出去，多看看外面的世界。"他说。

"嗯。"我回答。

内心有一个声音说："我要去看看外面的世界，还要离你远远的，这样就不会被你唠叨，被你挑剔了。"

当我意识到，自己的生命里不再有他的身影，想对他挥挥手说再见，甚至吵架都不能的时候，我很孤独。

生命那么壮阔，死亡却能轻易消解它。

人生那么漫长，最爱的人终将离去。

我再没有机会对他说一声："我爱你，父亲。"

恨是一瞬间的事。

想起了一部电影里的台词："Revenge is not a road, but a forest. Just as easy to get lost in the woods, disoriented forest where it came."（复仇不是一条路，而是一片丛林。就像在森林里容易迷路，迷失了方向也就忘了从哪里进来。）

深夜里，躺在床上久久不能入睡，想着父亲去的地方有没有车来车往。

肇事的两个人，酒精浓度高到惊人。一个摔成了脑瘫，终生如此，另一个腿断了，因为交通肇事被判了几年刑期。

有过恨意又能怎样？他们小学毕业就开始打工，没有受到好的教育，把自己和他人的安全当儿戏。

我不恨他们，而是恨他们所做的事。但我不得不试着去原谅，这样才得以更好地生活。

后来的几年里，也遇到过一些欺诈。

别人说我心宽，想得开。其实，我只是想如何能从其他方面获得更多。知道某人某机构没有契约精神，就不再合作，实在绕不开就尽量不在他身上花太多时间。

谈不上以德报怨，只不过置之不理。

我始终认为，他们不是真正的坏人，只是从他们的角度觉得自己需要那些东西。我相信《高效能人士的七个习惯》里提到的"共赢"，也将继续选择和这样的人合作。

单纯的欺诈是傻，他们看得太近，只看到眼前的一点利益，跟目光短浅的人没必要计较。这样发展下去，他们也走不远。

宽容不计较的原因是生活中还有更多值得做的事，总为不愉快的事浪费心情还不如去做更有意义的事，时间总要过去，要花在积极的事情上。

我的一位朋友，大学毕业时在导师的劝说下选择了考研。

她是本校的优秀毕业生，专业成绩及论文能力都是头挑。导师说服她从事学术研究，留在本校继续攻读学位。

考试前一个月，一向慈祥的导师让她去家里帮她辅导功课。到家后导师突然伸出手，握着她的手说："今年我的名额只有一个，虽然你的学业成绩、毕业院校和论文是候选人里最有竞争力的，但是复试的通过率由我们自己掌控。你要不要考虑下自己是否坚定要考？愿意付出多大代价？"

对，导师是个男的。

她愣了一秒钟，明白了暗示的意味。

如果拒绝，之前复习的时间全变成沉没成本不说，还将失去找工作的黄金时间，很多不错的工作在冬天就结束了招聘。

又过了一秒钟，她说："谢谢老师，我明白您的意思了，您说得对，我不适合读研，尤其不适合跟着您这样的人读。"

结果可想而知。

她重新选择方向，找工作，几年后也有小成。她原本可以过上更好的生活，失去的那些时间和机会，冷暖自知。

出于对自尊的保护，她没有跟身边的人说起这件事，然而导师先下手为强，说了很多抹黑的话。

相互信任之后，她跟我说起这段故事。"我以为自己永远不会原谅他，直到有一天，我开车路过学校，看着他从熟悉的校门走出来，头发有些白了，佝偻着慢吞吞走过马路。我就这样一直看着他消失在校园里。他的辉煌已经要结束了，我的还将继续。"

大多数人，大多数时候，选择不原谅如此容易。出轨的伴侣，背叛的友谊，商场的欺诈，再没有什么比发泄恨意更容易的事了。社会上的人如此暴戾，超车男人殴打女人，电梯里劝阻男子不要在公共场合吸烟也要被打，几句口角，就反应过激捅死人。

即便在亲密关系里，也不乏互相控制、谩骂、裹挟。

我们伤人，亦自伤。

"念念不忘，必有回响。"说的是好事，也有偏执。小时候读的那些武侠小说里，几乎每个主人公身上都有杀父之仇，夺妻之恨。为了报仇，他们不能好好爱，不能好好生活，几代人的恩怨情仇纠缠在一起，似一团乱麻。

经历这么多的事情，我对生活更加有期待。

一路走来，没有这么多的善意和支持，单纯依靠自己的力量，我很难走到这一步。我也将这份感恩回馈给社会，它不但可以帮助和扶持更多的年轻人，社会的善意和进步也能通过这样的方式传递并延续。

受了一点点伤，就无限放大自己的感受，把人性绝对化，是不太客观的做法。

来这世间一趟，我们要看的是太阳升起。

一切都会过去，而值得你在意的人和事没有那么多。或者说，用更宽容的眼光看待世间的一切。

5 年之后，10 年之后呢？

时代不停推进，遇到的人和事不断变化，我相信，人性的善良和光辉永不泯灭。

◎想从物质世界里脱颖而出，
必须首先精神强大。

和蠢人交朋友，
你是不是傻

做人，处事，当有断舍离的精神。没有对蠢人的断舍离，哪来的自在力。
我心目中理想的状态是：见自在物，生欢喜心。天天对着蠢人，你欢喜得起来吗？

我的主业是英语老师。

有一次上课，为了加深学生对词汇的印象，我让他们6个人组成一个小组，演个情景剧。在进行的过程中，有个小组出了点问题，5个人都向我抱怨和指责剩下的那个。他们小组想要排练一个喜剧小品，但是这个学员缺少幽默感，动作也不协调，跟他们小组另外几个人总是格格不入，导致他们的排练几乎没什么进展。这5个人累了半天，情绪也比较激动，纷纷表示不愿意跟这样蠢笨的人交朋友，希望我帮他们小组换个人。

在我印象中，他们口中的这个"蠢人"是个学习很努力的人，成绩在班里也名列前茅。可是这个学员比较内向，平日里跟老师、同学的互动也不多，不善于表现自己，但这也不代表这个学员就是"蠢笨的人"啊。

我对他们说："这位同学的性格比较内向，不善于表达，你们却把剧中一个需要不断抖包袱的角色安排给他，这就有点强人所难了。而且他也不想让你们失望，也想卖力地表演，一紧张反而效果不好。如果你们根据实际情况安排戏剧冲突的话，比如设计一个老实木讷的角色让他来演，通过与其他角色之间的反差来达到搞笑的目的，相信你们小组一定会成功的。"

其实仔细想来，从某种意义上说，我也算是个蠢人。相信人性的善良，经常被忽悠。只要告诉我是公益项目，付出多少代价也想完成。朋友老说我吃了亏不追究，其实很多时候我不觉得自己在吃亏，活得也乐呵呵的。我只知道，对朋友问心无愧就好，对工作竭尽所能就好。

多年前，有人做着和我一样的事。大鹏刚进入电视主持界时，做一档节目叫《不亦乐乎》，大冰是主咖，大鹏只是他的搭档之一。刚入行总插不上话，险些被换掉。他语言反应不是强项，就着重于互动，什么恶搞都乐意尝试，无数次把头伸进鱼缸顶橘子，一头一脸都是水。大鹏找来本子，把其他主持人的金句记录下来默默揣摩，他用笨办法打造自己的专业性。而现在的大鹏，拍出了《煎饼侠》，再来到《奇葩说》时，坐上了嘉宾男神的宝座。

找到属于自己的定位，当好绿叶也是一种能力。连蔡康永老师做主持时都甘当绿叶，绝不抢夺嘉宾的风头。一个节目中，有门面担当，有智慧担当，有搞笑担当，我觉得，自己的蠢萌带给大家更多欢乐，也是一种成功。

我不敢说自己代表直男发言，我只想证明，像自己一样想说、愿意说、努力去说得更好的人，也会有自己的舞台。

蠢的概念很难真正界定，人们评价一个人比较蠢，其实往往是就一个小的范围、从狭义来说的。

普通话语言体系里的蠢，是要看这个人够不够机巧，能不能在世俗生活中如鱼得水。在这个领域力不从心的人，在另一个领域可以做得很好。很多时候，有些人恰恰因为那份技巧而不够踏实，不够有毅力和韧性，如果置身于一个需要坚持、花一定的时间去做事的环境中，那份审时度势的聪明就不那么重要了。

和人争论，我帮不上你，可其他方面我就能帮上忙。

比如想学英语可以找我，我专攻托福口语，教过的学生遍布哈佛、耶鲁、斯坦福；去新疆旅游可以找我，在地理常识不丰富的朋友口中，我这个"生活在呼和浩特的维吾尔族汉子"绝对可以带你在草原上骑马、射箭、爬天山；关键时刻我皮糙肉厚还能帮队友背黑锅、挡子弹。如果只是因为辩论技巧差就不跟我做朋友，就放弃我，那你才是傻了。

我是一个成长中不乏真诚的人。身边很多朋友愿意为我做出牺牲，我也愿意尽全力帮助他们。我知道世界上有形形色色的人存在，我没有太多聪明的想法，只是自己对他人好。我心中有着稳定的价值观，即使在别人看来，是那么蠢。

没遭遇过蠢人，不足以谈人生。

"你怎么可以这么蠢？这么简单的坑看不出来，非得跳？你这样我们损失很多你明不明白？"

"如果对方干那些事，只是为了多拿一些钱，那就随他去吧。可能他真的特别需要，也算我们做了一件善事了。"

"你是不是傻？做慈善也得分人啊。"

"别生气，你如果有损失，我多带点课补给你好吗？"

…………

这大概就是我和我的工作拍档日常的对话。她经常被我的蠢和傻气得吐血。我明白她气的并不是我的蠢，而是这些让我生活、工作得更加辛苦，睡觉时间每天不足 5 小时。

生活里必然有童话，它和幸福一样，都是小概率事件。

真正好的选择，也许就是发现那些蠢的外表下的潜力，并且愿意相信。

虽然会有些看起来笨拙的表现，但我仍然努力地生活，也都会活得精彩。

其实很多人都是"半蠢"的人，在 A 领域貌似很蠢的人，在 B 领域可能独领风骚；在 C 领域举步维艰的人，在 D 领域可能为广大人民群众所喜闻乐见。不同领域，各领风骚。不要在自己擅长的领域去嘲笑别人，也不要在自己笨拙的领域暗自神伤，找准自己的位置最好。

既然有"半蠢"的人，自然也会有"全蠢"的人，很多人会问，遇到真正的蠢人怎么办？周濂说得好："你永远都无法叫醒一个装睡的人，除非那个装睡的人自己决定醒来。"

蠢人面前，人人平等。蠢人自有一种向下的力量把所有人拉低。

我的一位朋友在写作时，曾经让助理把她发表过的部分文章的电子版按照时间顺序整理收集起来。这原本只是一个简单的复制粘贴的工作，没什么技术含量和难度，只需要时间与耐心。她特别交代：不需要将文章重新编辑、排版，甚至不需要标注日期，只把文字部分全文复制存档即可，但一定要在 3 天内完成。按照一般速度而言，这项工作只需要 8 小时。3 天后，助理没有回复，询问时，他回答说："我仔细重新排版了，还把你可能需要的别的文章一起粘贴进来了，所以现在只做到一半。"

工作中，这种例子常见。

我们经常读到的"鸡汤"是这样的：领导让甲乙二人去市场买黄瓜，甲只买来了黄瓜，乙不但买了还顺便打听了黄瓜最近几天的市场价变化以及周围的供货商信息。然后领导选择了乙升职，乙从此平步青云，出任 CEO，迎娶白富美，走上人生巅峰。然而真实的情况却是，公司只要在最短的时间内拿到这根黄瓜就能在市场上占得先机，可就因为乙的自作聪明，延误了时机，让竞争对手抢先拿到那根黄瓜。这类"鸡汤"看多了，蠢人经常会做出自以为超完美的决定，却不能按时完成基本工作，进而拖延了整个团队的进度。

如果以一种理想化的观点看世界，当然会得出"凡人皆有得意时，每个人身上都有闪光点，都有值得我们学习、值得交往的地方"这样理想化的观点。

不要低估了世界上傻瓜的多样性。有的人真的一事无成，做什么都不行，乏善可陈不说，还自带负能量。

一个人每天除去睡觉、吃饭、工作和个人打理，可以支配的交友时间何其有限。用有限的时间多交一些不蠢的、对自己有帮助的朋友，是值得我们每个人认真思考的问题。

交友必须有所筛选。人都喜欢和比自己强的人在一起，这个强不仅仅在于地位多高、物质多富、样貌多美、脑子多灵，而在于用他身上那些美好的东西陪伴你，让你成为更好的自己。把时间和心血用来对蠢人 nice（友好），是一种很大的耗费，并且，不会带来任何 buff（加成）收益。

何况蠢人自带逻辑，自成体系，正常人很难和他们完成真正的沟通。即使你放下身段，努力强融，也未必能真正地成为朋友。

身边总有一些人，自己没活明白，却总喜欢给你提供工作、感情上的建议，例如，"老大不小了，你怎么还没有女朋友""再不生，你就生不出了""别辞职转型了，你看大家都这么稳定地穷着多好啊"。对于这些人，我有个简单的判断标准：当一个人给你提供某方面价值观和建议时，先看看他自己在那方面到底做得如何。

自己的孩子高考成绩差要靠关系才有书读的，却整天到处走穴，教别人的孩子如何考名校；自己事业无成，尚不能赡养父母还要啃老的人，却教别人如何撒狗血励志闯出一片天；自己和伴侣无爱，凑合过日子争执不断，为了买菜多花了五毛钱吵架的，却教别人赶紧结婚，凑合嫁了，不然只能找二婚老头。我很怀疑，他们自己的人生都没活明白，你跟着学，是不是更蠢？

如果你身边围绕着一两个蠢人还有药可救，如果是一群蠢人，他们看待问题的方式会成为你前行中极大的包袱。

世界看似很大，其实很小。能影响你心情和人生决定的，只是你周遭有限的一些人和事。

在思想封闭的地方，你的雄心和勇气也会囿于身边人的伦理价值观，很难跳脱出去，达到无视各种蠢人蠢话的境界。

你永远无法真正拯救一个蠢人，除非你把自己拉低到和他一样的

level（水平），然后你悲哀地发现，在蠢人堆里保持善良是死路一条。

对自我有要求的人，有一种共同的倾向——努力跻身于自己向往的环境中。

置身于并非自己梦想的环境中时，你的理想很难保持独立性。我们在生活中不断提升自己的 level，一路前进的过程，也是与过去的告别。你甚至放弃了一部分过去不那么完美的自己，向着更丰盈处前行。

做人，处事，当有断舍离的精神。没有对蠢人的断舍离，哪来的自在力。

我心目中理想的状态是：见自在物，生欢喜心。天天对着蠢人，你欢喜得起来吗？

如果你愿意跟你可能不是那么认可的周遭的环境脱离，在更大的视野中选择自己欣赏的人或事，看似只是改变了社交的小环境，其实是改变世界的大过程。

真正和你发生关系的人与事，构成了你真正的世界。而那个世界里，没有蠢人的位置。

我依然
选择相信

一时的善意并不难，路边看到乞丐，也许我们随手就给出10块钱。长期做善事，用正确的方式做，意味着往往要离开自己的舒适环境，甚至有可能被曲解。

不怕误解，不计回报。善意，拼的是我们的坚持。

我是个非常容易相信别人的人，认为社会上好人比坏人多，认为相信他人，他人也会给自己以信任。

　　大一时，一次在不同高校间的兴趣小组聚会上，我认识了北京工业大学的一位学长，很谈得来。一年里见过几次面，平时不怎么联系。那时为了自立，我在新东方打工，每天都工作几小时，月薪5000块。一天，他突然打电话给我说，自己家里出了事，急需用钱，我二话不说把一个月的工资给了他。3天后，当我想问候下他的家人是否无恙时，发现QQ被拉黑了。

　　大三时，我又有了一些积蓄，想买辆摩托车，骑着它去看看北京大街小巷的人文风情。网上有人发帖说，自己急需用钱，真心转让二手摩托爱车。到了约定见面的地点，他人是来了，车没带来，让我先给2000块定金，证明自己是真的有诚意要买车。拿到钱以后，他又说我接手后要换车牌，为我着想可以帮我一起办了，还需要3000块。给了他之后，又说了种种理由要走了最后的2000块。

　　"你在这里等我啊，我马上去把车取来给你。"这是印象中他跟我说的最后一句话。烈日下我等了4小时，他没出现，我才恍然大悟自己被网络骗子骗了。

　　工作后，一个前同事突然来找我，他沮丧得快哭了，说由于自己的不慎，答应未婚妻拍婚纱的2万元没了，问我能不能帮助他，这毕竟是人生中最重要的时刻，想给她留下最美好的回忆。我还是借了。

目前为止，我借给过 24 个人钱，其中 4 个人拿了钱之后就消失了。

听到这儿，朋友又气又笑地说："你傻啊？"

可是还有 20 个人履行了诺言，把钱还给了我，也因为我对他们无条件地信任，我们成了好朋友。有个新疆哥们因为家里有事向我借钱，后来他不但还了钱，今年我妈妈突然生病住院我又没法天天回到家乡照顾时，他四处找人帮忙，送我妈妈去医院，经常去陪护。我很欣慰自己傻傻地坚持换来了一位好友。

如果因为那 4 个骗子，我就对人性失望，放弃了对别人的帮助，现在也不可能有这么多好朋友。

过往的岁月里，他人的帮助也曾为我带来生命中的暖意。

2011 年，北大毕业前夕，父亲去世时，我一个人急匆匆回到家，挑起全部重担。

到家后不久，北京新东方的领导李亮专门托人到乌鲁木齐的家中，帮我安慰家人，告诉她们，我在北京工作得很努力，领导和同事们也很支持我。一周后，我回到北京，才知道李亮老师不仅自己捐了款，还号召同事们一起捐款。对那时的我来说，这是莫大的安慰和鼓励。

所谓的相信，并不是未经世事，单纯地相信这个世界是完美的，没有罪恶和黑暗。而是当你知道这个世界充满了不完美、不公平，你仍然愿意去为这个世界付出，这才是真正的勇敢。

当我向他人伸出援手，我并非不知这些钱可能有去无回，但是假如没有这笔钱，我相信自己还可以持续创造财富，加上对物质要求不高，我也可以活得下去。为什么不勇于去相信人性的美好呢？

工作、健身、早起、读书、写书……除了这些习惯，一直坚持做的是做慈善。我和朋友们一起成立了玉兔慈善基金，也协助盖茨基金会进行推广。不管是在《奇葩说》被我逗笑让你开心了，还是做慈善给你送礼物送知识让你暖心了，我享受这个过程。

2016年3月在中山的签售会上，一位读者坐着轮椅从广州来到了现场。从怯场地不敢公开讲话，到可以用亲身经历去感染别人，她分享了自己的奋斗故事。

通过微博上的健身团，我帮助过很多人，她引起我的注意源于一封感谢信。这封信上精心地附上了我的照片以及几段话：

健身团170天连续不间断记录

2014年8月7日——2015年1月17日，共170天，每天坚持锻炼身体并且发微博，都有配图和表达当天心情的文字，串联起来就是一个精彩的故事！感谢老师的出现，让我有这样的毅力。

感谢艾力老师，一直给我们正能量，因为你，我们有变得更好的冲动，并且付诸行动，你所做的一切影响着很多年轻人，这种榜样的作用将一直延续下去。

看着这些图文并茂的记录，我才意识到她的腿行动不便，深知坚持健身对她而言意味着怎样的挑战。

交流中，我了解到，从小学到大学，她读了16年的书，比大多数人多了10年，初中3年，高中3年，加上大学4年，刚好10年。

她和很多人一起走了一条相同的路，但是走的方式不一样，有跟别人不一样的故事。

10岁时，她才能读小学一年级，从出生那一天开始，她就患上了"先天性脆骨病"，但她没放弃过努力。大学里，每年都拿奖学金，被评为2012学校"感动南粤校园"年度人物之自强人物，被评为"优秀学生"，最后以"优秀毕业生"身份毕业。

在人群中看到她赶来时，我非常感动，更加觉得自己的鼓励和帮助是有意义的。从一个行动不便，饱受人间冷暖的学子，到可以四处做演讲，不但自助还助人的新青年，我知道她付出了很多很多。

在签售现场，她问了我一个问题："艾力老师，我很困惑，自己作为一个像您一样传播正能量的人，别人会觉得过度消费。演讲时为了真实感人，我们大多要讲自己的故事，可老讲自己，尤其是自己的苦难，别人又会有异样的想法，觉得你在卖惨。"

我也有类似的困惑，是不是要讲自己的苦情，才算感染他人？做到两点可以避免这个负面情况：一是讲自己故事的同时，要继续提升，不能老讲过去的成就，要有新的成绩，每次讲的应该是最近的成功经历，不要原地踏步，卖陈旧"鸡汤"。二是一场演讲，几百个听众，哪怕有一个人因此而改变，就没有遗憾，毕竟触及他人灵魂的工作不多。传播善意是一种实名，善意不能用数量去计算衡量。

即使你的善意被 100 个人中的 99 个人当成炒作和无病呻吟，但有一个人受益就够了，不要在他人的目光中迷失了自己。

微博上我也经常收到留言，诉说自己和家人的不幸，要求资助。我一般都会打款，但在不确定信息是否真实的情况下很少转发。我可以对自己的钱负责，却不能在无法核实信息真假的前提下，利用自己的影响力让大家一起捐钱。

2015 年，一次新疆老乡聚会，我认识了两位做慈善的朋友，其他人在聊吃喝玩乐，她们一直在讲为一个非亲非故的男孩看病筹款的事。我发现她们真的热心公益，也希望帮助更多的人。同样喜欢做慈善的我，和她们一起建立了一个慈善基金。

她们做慈善特别用心，别人也许只是捐钱，她们一定要保证每个细节都做到位。比如为贫困地区的孩子们送温暖，开始买了很多书包，到了当地才发现很多很多农村家长害怕书包弄脏了，不给孩子用，这些充满爱心的礼物反而变成了形式。

大家一起做慈善的路上，不乏坎坷，还有些故事令人心痛。

2015 年年底，我们一起捐助一个生病的孩子，她们忙前忙后，联系媒体，筹募善款。当那对年轻的父母发现生病的孩子可以收到这么多善款，看到银行卡里有了这辈子都没见过的巨款时，放缓了治疗，甚至想过放弃孩子。刚开始，我们没有意识到人性居然有这样黑暗的一面，只是很奇怪为什么家长对治疗孩子不那么积极了。

身边的人知道这种事之后，劝我们停止对他们的捐助。她们和我们一样经历了震惊，但并没有放弃，也不再纵容无知的家长把钱骗走。她们主动联系了相关部门，按照严格的规定把该治疗的部分报销后，剩余款项还给了捐赠者。

2015 年 12 月，慈善基金会冒着严寒去了新疆最贫困的和田县的一所学校，我妈妈也跟大家同去。

从城市到和田要开一个晚上的车，颠簸的土路，没有路灯。300 多个学生，只有五六个老师，从一年级教到六年级；夜晚没有电灯，靠油灯照明。

看着孩子穿着单薄的衣服在零下十几摄氏度的天气里跑来跑去，妈妈又生气又心疼。她也因为这次慈善之旅落下了病根，不久后就患病住院。

我们慈善基金的口号是"扶教育，不扶贫"。治病救人的事我们也做，但不能只给钱就走，不让受助者产生依赖，而是力求从教育层面解决那些问题。

一时的善意并不难，路边看到乞丐，也许我们随手就给出 10 块钱。长期做善事，用正确的方式做，意味着往往要离开自己的舒适环境，甚至有可能被曲解。

不怕误解，不计回报。善意，拼的是我们的坚持。

寻找属于自己的诗和远方

每个人心里都有一个梦想，你要做的是不活在任何人设定的框架里，不追随任何人的脚步，寻找到属于自己的诗和远方。

我的电脑屏保上是两行字——Wisdom（智慧），Courage（勇气）。只有智慧没勇气，会变成有学识的懦夫；只有勇气没智慧，会变成没才华的莽夫。你觉得在改变世界，其实是给世界添乱。

坊间有个传说，马东和高晓松两个特能说的北京人吃着火锅唱着歌，开始从星星月亮辩论到人生哲学。所谓棋逢对手，通常互有胜负，谁也说服不了谁。

羊肉吃完了，酒喝光了，马东说，如果只是咱们俩互相辩论没意思，咱们干脆做一个表面是吵架其实是和人辩论的节目呗。

于是《奇葩说》这档国内完全原创的网播综艺节目诞生了。表面嬉笑怒骂的背后，核心的辩论并没改变。

每次跟高晓松吃饭，总能讨论些问题，宗教、哲学、美国大选等一些真正引发你思考的问题。在无 PS 的情况下，负责地说，高老师的胸比肚子大，如果从侧面看，人整体是瘦的。

我听过的第一句高晓松名言是："生活不只是眼前的苟且，还有诗和远方。"这句话在网络上被玩坏了，毒鸡汤的改法是："生活不只是眼前的苟且，还有远方的苟且。"

什么是真正的诗和远方呢？是说走就走的旅行？奋不顾身的爱情？还是更遥远的未来？

听到这句话，你的第一个反应也许是感动得要死，大呼以前白活了，现在就要去找我的诗和远方，不再苟且。第二种反应是嗤之以鼻，你出身书香世家，又读了名校出过国，才敢说不需要苟且，不买房，这是站着说话不腰疼。

所谓苟且不只是柴米油盐，苟且是已有的知识体系和框架，是需要我们去学习更替的。"不只眼前的苟且"，说明眼前的也是重要的，当我们学习了现有的框架，不要完全被拘束住，还可以以这个框架为基础去探索。

不完全地否定现在，也不放弃对未知的追求。

《奇葩说》和高晓松从未给自己设限。有勇气，不自我阉割，后者是一个人无法走既定模式无法创新的罪魁祸首。别人还没说不行，你自己就先绕着走；别人还没说查水表就把自己家的水表卸了。在玩笑中讲道理，于细微处见真情。

我更喜欢《晓松奇谈》的片头：

历史不是镜子，历史是精子，牺牲亿万才有一个活到今天。人生不是故事，人生是事故，摸爬滚打，才不辜负功名尘土。世界不是苟且，世界是远方，行万里路，才能回到内心深处。未来不是岁数，未来是礼物，读万卷书，才看得清皓月繁星。

走遍千山万水，才能回到内心深处。

表面文艺的背后，不乏生存的智慧。

我曾经问晓松老师，你讲得这么犀利，万一不符合主流价值观，被封杀了怎么办。他说，决定去讲，就有勇气讲。第二要有智慧，别讲得那么正经，这节目又不叫《晓松正史》，而是叫《晓松奇谈》，谁跟奇谈较劲。扯着扯着，就把自己的思想给扯出来了。

真名士，自风流。

每个人心里都有一个梦想，你要做的是不活在任何人设定的框架里，不追随任何人的脚步，寻找到属于自己的诗和远方。

1. 保持现实的乐观。

大学时光也许是我们人生中最富有激情，最有尊严、自由的阶段，是避风港。有很多毫无拘束的梦想，每一天都觉得自己可以改变世界。

踏入社会，我们努力变成一个大人，却发现世界不以原本以为的那些方式运转。

我会向很多学生推荐《涂自强的个人悲伤》这部小说，普通的中国青年涂自强人勤快，友善，不停地奋斗，但最后依然一无所有。和《了不起的盖茨比》相比，盖茨比至少曾经"成功"过，按照社会既定的价值观，涂自强完全无法实现他的梦想，甚至无法好好养活自己，是个彻彻底底的失败者。

世界如此残酷，你要早早知道真相。

但你仍不能放弃。

每一年，你有 8760 次改变自己的机会，哪怕抓住一次。

在我刚入职新东方时，甚至无缘见到俞敏洪老师。

我就是傻傻地坚持。俞老师给大家群发的慰问邮件，我认真回复。录制了新模式的课程视频，也会发邮件告诉他。300 字的邮件，反复修改，写了 1 小时。新东方 3 万多名员工，每天成千上万封邮件，我知道他回复的概率很小。

不久后，俞老师转发微博推荐了我的《酷艾英语》视频。

如果时光倒流，他没有回复我，我想，我也会一直发下去。

我鼓励的是现实基础上的理想主义。

希望我的学生们在不丢失理想的同时，先找到一份得以糊口的工作，先保持现世安稳。不挨饿，不受冻，住得舒适一点，逢年过节能给伴侣给家人买上礼物，维持起码的尊严。

在此基础上，那些不满足于仅仅是"活着"的人，我希望他们去做一些更有影响力的事，对社会有益的事，不仅仅是造福于自己一个人，自己一家人。

这样的努力更接近我本人的想法——让世界因我而更美好。

现在说"理想主义"这个词，很多人觉得是以卵击石。也许，以卵击石都不足以形容执行时遇到的困难和懊恼。

奋斗多一点，期望少一些。

我尊重每个个体的选择，如果你判断自己会是这个时代的弄潮儿，是太阳一样发光的人物，那就努力去做太阳。如果自己只能做一片绿叶，那就努力去做最好的绿叶，当好辅助工具，能把他人衬托得更优秀也是自己的幸运。

2. 世界那么大，别只看电视。

离开熟悉的环境、离开惯有的逻辑，离开生活中原来的角色，旅行是最快速让自己归零的方式。

作家毕淑敏曾经用 40 万的半生积蓄，环球航行百余天，不是谁都可以做到的。正如毕淑敏所说："即使现在拥有 40 万，基本上也不会有人用来看世界，买房子、车子是更实际的做法。"她做了一个形象的比喻，这就像一个老农把自己一手种出来的玉米磨成面、烙成一张饼吃掉一样。

每一年，我会给自己安排至少 3 个不同地区国家的深度旅行。比如欧洲和美洲。去儿时梦想的哈佛校园里走走，喝杯咖啡；去环球影城，沿公路开车旅行；去法国看欧洲杯，巴西看世界杯……这些童年时代就一直在愿望清单上的地方，一一走过。

不去凡尔赛宫看一下，体会不到法国国王曾经的奢华；不从欧洲勃朗峰 3300 英尺的高空玻璃栈道上走一趟，很难体会到向前一步的勇气。

亲眼看到，亲身体会到的东西，和书本上电视上看到的不同，感受更为立体真实。

世界那么大，别老窝在家里看电视。

3. 阅读和写作是内心的救赎。

朱天文说，当写作时，一切不可逆者皆可逆。

文学是自我拯救，当周遭的世界不太美好的时候，我可以借助阅读和写作活在想象中的美好的世界里，书写这种美好对内心而言是巨大的安抚和净化。

去美国时，看福克纳在密西西比州的老家，他一生中大部分时间都在那里写作，得了诺贝尔奖之后，依然在写。在他工作间的外面的墙上挂着他说的一段话，大意是说写作是一件孤独寂寞的事情，没有人能够帮助你。

在意大利佛罗伦萨老城，无意间走到了但丁故居前。外面不起眼的石头小房子，墙壁上悬空3米高挂着但丁的塑像，下面有花环。门前小广场地面的石板，泼上水显现出他的头像，人们认为经过这里要低头观看，以此表达对但丁的鞠躬尊重。

写作到最烦闷的时候，失眠，揪头发（如果你看到我鬓角的头发又少了，那肯定是又写新东西了）。

但我仍然会写下去，与自我和解，和世界谈谈。

支撑诗与远方的，是强大的精神和自我。

没有独立的精神就没有独立的自我，没有独立的自我就不能获得真正的自由，只能是别人思想的附庸。

你说，我没想那么多，也别和我谈什么精神，我就喜欢物质，就想挣钱。

说通俗点，想从物质世界里脱颖而出，首先必须精神强大。

"我们现在欲望列车开得特快，我希望能拖他们后腿一下。"高晓松说。在这趟"欲望"号列车上，每个人都那么急。

写到深夜，我站在小屋阳台上看这座城市，感觉到梦想的气息。

无数人为了梦想从四面八方赶来，我也是被梦想带到这座城市中来的。

我们还将继续在这里奋斗下去，直到永远。

每个人都需要
一条鞭子

很多时候，让千里马跑起来的不是伯乐，而是皮鞭。
你现在找到属于自己的那条鞭子了吗？

"感谢我的恩人新东方的俞敏洪老师，有部和他有关的电影《中国合伙人》，我的写作跨界之路也有一位合伙人——张晓媛。没有她，我没有想过自己能坚持写作。"

上面的一段话是 2016 年 4 月，第 10 届中国作家榜的舞台上，我拿到"年度新锐作家"奖项时的感言。

这也是我第一次在公开场合表达对晓媛的感谢。

人生的境遇千回百转，在某个不经意的时刻，你会遇到一个改变自己的人。

我是个在沙滩上建筑城堡的理想主义者，很大程度上，我的天真和热情是因为有些人在背后的默默付出才得以保全。

鞭子一样的战友，在你彷徨时推一把，膨胀时兜头泼一瓢冷水，不介意任何时候，根据我的意愿把城堡推倒重来，更有壮士断腕的果决，默默地守护着我的理想主义。

—1—

认识晓媛也是段传奇的经历，见过两次面，聊了两小时，我就打算雇她做我的版权经纪人了。

2014 年夏天，有人匿名寄了 100 本全新的好书给我，让我送给读书团的学生。收到那满满一箱子书，我好奇，这又是找我做广告的吗？无缘无故寄几千块的东西图什么？

后来我知道，她是资深文化记者，和我一样，一直做公益，每年她自费捐赠给学校、大学生、读者的书也有上千本。

第一次见面是在北大——我的母校。

"你知道有档节目叫《奇葩说》吗？只知道有马东、高晓松、蔡康永做导师，辩论界的大神马薇薇也会去，节目组邀请我了。"北大操场上，我们聊起了这档日后对我影响至深的节目。

那时候，我不知道自己是否入选，也不知道这档节目能不能播，更没人会想到它日后取得的辉煌。

"去呀，当然要去，这节目很可以的。"她补充了一句，"以我多年的经验。"她没说错。

第二次见面在山大——她的母校。参加她办的公益悦读会。

晓媛问我："你要轻松一点的行程，还是充实一点的？"

我当然选择后者。

7:10—8:40 北京高铁。

8:50—9:50 接站到济南台。

10:00—11:30 和主持人沟通台本，录制济南文艺台 FM93.6《艺文城市》，录播 1 小时 20 分。

11:50—13:30 山东电台 FM102.1《听说有李》直播。12:55 进直播间。

14:00 入住酒店休息。

15:00 济南新东方接车去大学讲座。

18:30—山大活动候场。

19：00—21:00 悦读会活动。地点：山东大学洪楼校区（山大老校）法学院礼堂

我心想，这哥们真变态，和我一样。

我的培训行业和她所在的媒体行业有个笑话：女人当男人用，把男人当骡子用。

我们是忽略了性别，直接把自己当骡子用，执行力上，她那种言必行行必果地对自己的狠劲和我很像。这一点上，我们价值观一致。

没有背景，靠自己去奋斗，获得想要的生活，帮助更多的人，我们想要的是阳光下干净清白的成功，这一点上，也一致。

对人诚恳，对伙伴忠诚，因为那份实在劲，我能敞开心扉聊起自己的经历。这一点，更重要。

进入一个全新的、不知道自己是否擅长因而很容易放弃的领域，一定要找个人督促鞭策自己。

于是，我正式邀请她当图书领域的合伙人。跟她说，以后你一定要逼我写，即使逼死，也要在规定时间内写完出版。

她给我列了一个倒推时间表，3 个月写书，2 个月走出版流程，半年内上市，一年内在同品类做到领先。

一起工作不到一周，我后悔了，无数次我"恨"死了这个原先特别善解人意的朋友。每当我疲惫地讲了一天课，或者拖延症犯了找各种理由不按时交稿时，她就一个电话打过来，稿子呢？说好的进度呢？不单是晚上，分早上、中午、下午 3 次核查我的写作进度和思路。有几次，我心里真是无比愤怒，想摔电话了。连续两年的大年三十，我们都在讨论书稿中度过，给对方的不是拜年红包，而

是关于书的建议，更不用说平时的每一天了。

再愤怒我也会咬牙完成任务，谁让这是我自己选的路呢。

她对我狠，对自己也狠，做好本职的记者工作之余，为了催我，解答我写作上的疑问，她早起晚睡，把近几年的几乎所有励志书都买来放在书架上看了两遍以上。知道我工作到 10 点拖着疲惫的身子回家还要深夜写作时，她偶尔会纠结："我们本来不是轻松聊天的好朋友吗？现在变成你一想到我就是催稿了，连我的微信都条件反射地害怕了。看着你这么辛苦，我都不知道怎么办了，我还催吗？还是放任你算了？"

找这拍档是为了让自己更优秀的，怎么人家真的尽责了又责怪太严格了呢？

我录制了一条微信语音，说："以后只要我拖稿，我膨胀，你就把它放给我听。"

然而，也没有什么用。

— 2 —

那些苦日子，一起挨过。

我的傻和二也让晓媛吃尽了苦头。

我是傻，可如果按照世俗的标准，她也不是什么聪明人。跟我合作时，她也透着傻气，当我决定请她来帮我的时候，我的知名度没有现在高，她从第一天就坚定地认为，我是可以写出来的。当我的目标是书能出版就好时，她说："必须半年内出，必须一年内登上

各大榜单，必须一出生就风华正茂，做到同品类顶尖。"为了这 1%
成功的希望，我们付出了 200% 的努力。

上本书写到一半，我给一位很尊重的前辈说起这事，他说，我
要是你就不写，现在还算有点小名气，但你那点阅历还不够，如果
失败了，平白被人笑话。

整整一个月，我一个字也没写，每天用各种借口敷衍，装出一
副还在努力的样子。进度却停滞不前。

我没有告诉她为什么，说不出口。教别人如何克服拖延症，如
何有勇气，被称为全中国最自律的人，我自己却没做到。

一个月后，她拿出一摞纸，把我没有思路的章节，写得不好的
故事，做了密密麻麻的批注，还附上了很多名家好文，详细分析人
家的开头好在哪里，道理和故事之间衔接如何更自然，笔记比我写
的文章还多。

还说起了万年不变的老梗："我跑了那么多年文化、娱乐新闻，
就看好过 3 个年轻人，前两个两年内上了春晚，第三个看好的就是
你了。你哪怕不相信自己，也得相信我的眼光。说好的，3 年 3 本
书，上中国作家榜。"

我想了想，觉得春晚语言类节目也没合适我的，这归类好像不
怎么恰当。

我明白，她是在用自己的方式给我信心。

一般的合作者，如果给他 3 个方案，A 自己挣 10 块，合伙人挣

5 块，不用费力，从合作方和给合伙人的报账中两头做手脚，只在乎自己的利益。

B 自己挣 5 块，合伙人挣 5 块，要做好分内的各项工作，积极主动。

C 自己挣 5 块，合伙人挣 10 块，但要自己非常累，做很多额外工作，还要背负项目如果失败的压力，简称背锅。

一半的人会选择 A，少数人选择 B，极少数人选择 C。

我清楚地知道晓媛的选择，她会问对方有没有方案 D，让合伙人挣 30 块甚至 50 块的方案，自己分文不取，倒贴人脉和钱也成。

宁愿忍受不义，也不要去做那不义的事情。我喜欢这种忠诚的态度。

别人有个错觉，觉得和我一起工作特别容易，我对外人无限包容，对自己的人无限严苛。

我也是血肉之躯，压力大，受了委屈，那些不便对外人流露的负面情绪，在她面前没有顾忌。

任性是因为安全感，不必强装坚强和完美。

上本书，有人说，读完觉得你太完美了，不真实。不是隐藏，只是我不允许自己有 B 面。我的内心 90% 是向每个人打开的，希望带给他们温暖和希望，10% 属于自己，是我的防护层。

在她的鼓励下，这本书里，我不再害怕承认自己曾经的迷茫和恐惧，敢于释放更多内心最柔软的部分，拥抱不完美。

—3—

察觉我有点膨胀了，懒了，她就发微信给我：你躺在成绩上，满足于虚幻的掌声不前进了？吃了大盘鸡又想吃烤包子，忘记你是个190斤的胖子时，全世界对你的恶意了？

有时候我也忍不住反驳：我讲什么学生都鼓掌，反应挺好的。大家看重的是我的精神，不是外表，我又不是靠脸和胸吃饭的。

被她"教训"之后，12小时不想理她，躲起来。12小时之后，会承认她说得对，默默改正，但是嘴上不认怂。

语言上"羞辱"我，行动上"逼迫"我。

我平时的周末从不休息，一年就攒两个假期20多天去美国和欧洲旅行，想放下工作好好放松。她又按时逼迫我记录旅行故事，写到书里。

刚开始，我的内心是抗拒的。没多久，发现旅行中很多触动心灵的东西记不清了，再后来，发现大冰也是这样坚持记录生活的，我才养成了到哪里都随手记录的习惯。

当然也吵过架，很凶很凶地吵。

最凶的一次，吵到要散伙。

那时在家乡的母亲突然病重，而我在外地的演讲、培训和签售会早已安排好，海报和宣传也打出去了，如果我不去，情理上说得通，但会给各个合作方及公司带来很大损失。

咬着牙去，一边为母亲寻医问药，拜托家乡的亲友照顾，一边出差工作。

当时我和晓嫒在去外地签售的路上，她逼着我开始写新书，我讲了一个故事，她说不行，没代表性，再讲一个还是不行。

我急了："别人都说我多棒多牛，我说什么人家都鼓掌，就在你眼里，我这个也不好，那个也不行。有本事你找别人去合作吧，反正有的是人想找我合作，找谁都能做经纪人。"

她垂下眼帘，很久没说话。哭了。

"那也是可以的。"她说，"本来对你也不会有任何束缚，如果别人能帮你做得更好，我可以随时走。"

我立刻后悔了。

好了伤疤忘了疼大概说的就是我这样直肠子没心没肺的人。那些起步之初的打击、不屑、刁难和欺诈，我都忘了，也忘记了她怎么替我扛过来的。

当你成事了，出名了，看到有利可图，人群会如潮水般涌来，想分一杯羹。

但当你没名没利，跟着你一起也不知道能有多少回报的时候，很少有人笃定地付出全部的心力。

我是真的蠢。

可我不好意思当面认错。我关上门，去买饭，从早上到下午大家都没吃东西。

回来时，听到她在讲电话。

她在问新装修好的房子能卖多少钱。

母亲的病不知道还需要花多少钱，我虽然这两年收入不少，但不习惯存钱，除去负担妹妹和母亲的生活、旅行开销，大部分钱拿去成立慈善基金，加上平时的各种捐款，存款所剩无几。

又逞强，不愿意跟人借钱。她知道我的脾气，想用自己的方式支持我。

很久以后我才知道，逼我写新书也是因为这个。如果有了样稿，早点签了合同拿到预付款，她也打算全给我以备不时之需。

这些事，她不会跟我讲：你看，我为你做了这样的打算。

可当时，我不知道，真的吵到气炸了肺。

我撂下狠话："一起经历了那么多，凭什么你说走就走了，说好的3年出3本书，卖到100万册，你走可以，先把未来3年的分成给你。"

"谁稀罕，可我今天不会走的，我得把这个方案弄完了，留下一个完整的东西再走，不能看着你把事情干砸了。"她也不含糊。

吵完觉得不对劲，别人散伙是为了多拿点钱走人打破头，我们是抢着把东西都留给对方。

到了这个份儿上，还散什么伙？

— 4 —

名利场里，假意比真情多。当着面都是好话说尽，背地里各种看不起。拜高踩低，跟红顶白是常态。

第一次新书签售去广州的南国书香节，名家大腕们在郊区的分会场做活动，我的新书媒体见面会在市区开。在图书圈我是个新人，心想也没什么记者会来采访我吧。那天，广州、北京的媒体几乎都来了。晓媛提前一周挨个给那些老朋友打电话，推介我，根据每个人的时间协调了各个环节。

新人作家第一次签售会没几个人也是常事，我也做好了思想准备。那天又是最早的场次，一开场就来了那么多人，瞬间坐满了，站满了。报纸、电台、网站、当地的公众号，她挨个落实媒体上的预告，没告诉我。她只是希望我的第一次签售、第一次媒体采访会有足够的人气。

每一次，别人用"没听说过这人啊，能不能红啊""算是个网红吧，还能红几年啊""他演讲是可以，写书行不行啊"来质疑我时，她会很固执地去摆事实讲道理说服别人："尚未发生的事确实谁都不能保证，但我有信心是因为在他奋斗过的每一个领域都在很短的时间内做到了业内领先。没有发生的事情我很难描述他的成功。我只能告诉你，他是一个一直做很多事都很成功的人。"

这些夸我的话，当着我的面可从没讲过。

有一次，忍不住问她："对我要求那么高那么严，多夸我几句会死啊。"

她让我去看一个访谈，柴静采访王强时，谈起俞敏洪，王强说："在我心里，他就是精神领袖，他的综合素质超越了我。"

"对他好点有什么不可以的？"柴静问。

"不可以，因为他要成为一个领袖，他所要承受的东西和我们不一样。其实跟教练一样，当他拿奖牌的时候，他的压力，当然和奖牌是匹配的。"

作家朱天文说，自己和侯孝贤导演的合作中，最频繁、最重要的部分其实就是长时间的讨论。一般是侯导先有个想法，然后他们就开始聊天，整部剧的轮廓也就逐渐清晰了。"我当自己是'空谷回音'，他发出一个声音，我这个空谷就给予回响。做一个能够回音的空谷也不是那么容易的。就像打球，和高手过招才觉得过瘾。对方一个好球打过来，你得先接得住，然后是打回去。"

除去这层关系，我更愿意把我们之间的关系形容为"背靠背的战友"。

首先你知道对方有足够的能力，让你无后顾之忧，可以在任何时候把任何任务交给她，我们可以各自管护好自己视野范围内的 180 度空间；绝对信任，你不担心形势危急战友弃你而去，你甚至知道，必要时她会放弃自己的利益来守护你。

说好听的话提供情绪价值，劝你多休息别奋斗，做什么决定都大呼支持，太容易了。明知道你可能会不高兴还是直言不讳说实话的人，才是真心希望你变得更好的人。

这本书问世时，晓媛已经离开体制，告别记者生涯，开始内容创业。

过去两年，她用专业成就我的理想；此后，我亦将用我的努力成全她的自由。

鞭子一样的人，抽疼你，才能使你进步，不要总选那个让你过得很舒服的人。

特别喜欢"鞭策"这个词，有了鞭子才能让你策马奔腾。没有了这条鞭子，你就是一匹懒马。

很多时候，让千里马跑起来的不是伯乐，而是皮鞭。

你现在找到属于自己的那条鞭子了吗？

◎人生道路漫长，紧要处往往只有几步。
再大的困境，都有解决之道。

◎打破人生困境的最好方法是让自己足够
强大，你终将抵达光明之地。

图书在版编目（CIP）数据

人生的 84000 种可能 / 艾力著 . — 长沙：湖南文艺出版社，2017.1
ISBN 978-7-5404-7875-9

Ⅰ . ①人… Ⅱ . ①艾… Ⅲ . ①成功心理—通俗读物 Ⅳ . ① B848.4-49

中国版本图书馆 CIP 数据核字（2016）第 282641 号

上架建议：励志 | 文学

RENSHENG DE 84 000 ZHONG KENENG
人生的 84 000 种可能

作　　者：艾　力
出 版 人：曾赛丰
责任编辑：薛　健　刘诗哲
监　　制：蔡明菲　潘　良
特约监制：张晓媛
策划编辑：邢越超　张思北
特约编辑：尹　晶
营销支持：姚长杰　李　群　张锦涵
版式设计：张丽娜
封面设计：SilenTide
图片摄影：Moka 和她的伙伴们
场地提供：阿那亚
特别鸣谢：邹晓婉
内文排版：百朗文化
出版发行：湖南文艺出版社
　　　　　（长沙市雨花区东二环一段 508 号　邮编：410014）
网　　址：www.hnwy.net
印　　刷：北京盛通印刷股份有限公司
经　　销：新华书店
开　　本：880mm×1230mm　1/32
字　　数：200 千字
印　　张：9.75
版　　次：2017 年 1 月第 1 版
印　　次：2017 年 1 月第 1 次印刷
书　　号：ISBN 978-7-5404-7875-9
定　　价：39.80 元

质量监督电话：010-59096394
团购电话：010-59320018